若頭

野原　滋

幻冬舎ルチル文庫

CONTENTS ✦目次✦

恋する若頭

✦イラスト・陵クミコ

✦カバーデザイン=齊藤陽子(CoCo.Design)
✦ブックデザイン=まるか工房

恋する若頭

運転席から降りたドライバーが後部ドアを開ける。長い足を投げ出すようにして、伊吹《いぶき》龍之介《りゅうのすけ》は車から降りた。

ホテルのエントランスの前に立ち、軽く首を回した。百九十センチの身長はどんな車に乗っても窮屈だ。年に数回しか着ないスーツも肩が凝る。

今乗ってきたハイヤーも足回りは広かったが、天井はそれほど高くもなく、何度か頭の天辺《てっぺん》を擦《こす》ってしまった。一つに結わえてある髪を掌《てのひら》で撫《な》でつけ、擦ってしまった部分の乱れを直す。

受付で招待状を出し、芳名帳に名前を記してから会場に入ると、すでに会は始まっていた。百人以上の人々がグラスを片手に談笑している。壇上では社長が挨拶《あいさつ》をしていた。

世話になっている出版社の新年会に、伊吹は赴いていた。

広い会場内をぐるりと見回す。見知った顔もちらほらあったが、知っているというだけで、気軽に声を掛けられるような仲の人はいない。

元々こういった華やかな席は苦手だ。去年と同じように適当に料理を食べ、軽く飲んで挨拶だけをして帰ろうと、ウエイターから受け取ったグラスに口を付けた。

「イブキ先生。あー、いたいた」

陽気な声が聞こえ振り返ると、伊吹の担当である佐田《さだ》が立っていた。

「ああ。どうも」

「今年もよろしくお願いします」

「はあ。こちらこそ」

「……って言っても、もう電話でお話ししていますけどね」

そうですね、と口に出す代わりに顎《あご》を引いた。新年会といっても、もう一月も後半に入っている。仕事はとっくに始まっており、改めて挨拶をするのが白々しいほど、佐田とは何度も話していた。

「それにしても、こういうところでそういう恰好《かっこう》を見ると、なんて言うか……」

言わないでくれと目で訴える。

「まるっきりやくざですね」

「………」

「壮観なぐらいに、本物ですよ」

「違いますから」

ホテルでの新年会だからと、一応スーツを着てきたのだが、やはり言われてしまった。

「ブラックスーツを着たところを見てみたいなあ」

「……着ませんから」

「ほらあの、人が刺せそうな尖《とが》った靴とか。あれ履いたら完璧ですね！」

「……持ってません」

短い会話を終え、料理の並んだテーブルに足を向ける。担当している作家は自分だけではないだろうと思うのに、佐田が後ろをついてきた。

「あ、そうそう。今年こそどうですか？　サイン会」

「……しませんから」

「ファンからも要望が多いんですよ、イブキ先生と直接話したいって」

「……無理ですから」

「別に愛嬌《あいきょう》を振りまかなくてもいいんですよ。座って、サイン書いて、話し掛けられたら礼を言うだけでいいんですって」

「そういうの……本当に無理ですから」

「著者近影に載っているんですから、読者はみんな先生の顔を知ってますよ。これで満面の笑みなんか浮かべられたら、却《かえ》って怖いって」

「………………」

無言で見つめ返す伊吹に、佐田は悪びれることなく言い募る。

「ほらほら、そういう目がまさしく『イブキリュウ』なんですから。『ああ、この人があの極道ものを書いたのね、納得』ってなるわけですよ。ますます人気が上がりますよ？」

「上がりませんから」

「まあまあ、固く考えないで。あ、そうだ。来週あたり、またお電話を差し上げます。次刊の打ち合わせを、そろそろ」

「分かりました」

じゃあまた、とにこやかに挨拶をし、佐田が離れていった。

「どうもどうも、宮田先生。今年もよろしくお願いします。お着物いいですねえ。討ち入りですか？」

時代小説の重鎮に挨拶をしている佐田の声を背中にしながら、伊吹はようやく料理に手を付けた。

ここのホテルは料理が美味《うま》く、デザートの種類が多いのが気に入っている。その楽しみがなかったら、他社の締め切りを理由に今日の会は欠席していたところだ。

黙々と食事を楽しんでいる伊吹に話し掛けてくる人はいない。世間的には変わり者が多いとされている作家連中の中でさえ、伊吹の存在は異彩を放っていた。

百九十の身長と、がっしりとした身体《からだ》つき。太い眉《まゆ》に鋭い目つき。肩まで伸びた髪を後ろで一つに結わえたスーツ姿は、近づき難い空気を纏《まと》っている。

ハードボイルド作家、イブキリュウは小説の内容を裏切らない、硬質で荒々しい外見を持つ男だった。

まだ終わらない、諦《あきら》めるな。あと一人や二人、どうってことないって。……お前ならやれる。俺を信じろ。

電話の向こうから悪魔が勧誘してきた。

『だから先生、まだまだいけますって。次行きましょう、次！』

「いや、だから彼はもう……死んだはずで」

『死んでませんよ？　滝壺《たきつぼ》に落ちたぐらいで死ぬような人じゃないんです、彼は』

携帯を手にしたまま、伊吹は溜息《ためいき》を吐《つ》いた。

新年会で約束した通り、新作に向けての打ち合わせを、担当の佐田としているところだ。

『とにかく、次行きますよ。もちろんシリーズで。ね！』

勢いのある声には、伊吹がどう抵抗しようが押し通そうとする強さがあり、実際今まで一度も勝てたためしがない。

「……俺としては、あそこで終わらせたつもりだったんですが」

それでも一応食い下がってみる。去年の暮れに刊行された小説で、主人公は人質を庇《かば》い、自ら滝壺に飛び込んで、その波乱の人生を終えたはずなのだ。

「だって九十メートルの滝壺ですよ？　普通死ぬでしょ」

『だから死なないんですってば。彼がそんなことで死ぬもんですか。心臓撃ち抜かれても蘇《よみがえ》ったじゃないですか』

「それは佐田さんがそうしろって言うから……」

心臓を撃ち抜かれれば人は大概死ぬ。それなのに佐田がさすらいの無免許医を登場させ、生還させてしまったのだ。しかも心臓から実は数ミリ逸《そ》れていたのだと言い張って。『とにかくどんなことがあったって、若頭は死なないんです。息の根を止めたと思っても、振り返ったら彼が立っている。「お、お前……死んだはずでは……?」「地獄から蘇ってきたんだぜ、生憎《あいにく》だったな」。ね? それが彼のいいところなんですから』

「そんな……」

死なないことを長所みたいに言わないでほしい。注文を付けられ、どうやっても蘇ってしまう彼を次の困難に巻き込むのに、こちらは四苦八苦させられているというのに。滝壺に落ちても駄目、心臓を撃ち抜いても駄目。次には頭を狙《ねら》うしかないのか。だが佐田はまた、実は頭に鉄板が入っていましたとか言いかねない。

高校の時、雑誌の小説新人賞に投稿し、小さな賞をもらった。その時に伊吹の担当をしてくれたのが佐田だった。以来、彼の指導の下で何本か雑誌に載せてもらったのが付き合いの始まりだ。

雑誌に掲載される際、ペンネームをと言われ、当時たいして考えもせずに付けた「イブキリュウ」という名前がそのまま通っている。本名の「伊吹龍之介」から「のすけ」を取り、カタカナにしたのも、ただなんとなく恰好いいような気がしただけだ。今となれば痛恨の極みだが、何年も先の自分が、まさか今のような立場にいようとは、想像もしていなかったのだから仕方がない。

デビュー当時は等身大の青春小説を書いていた。大学の時に佐田に薦められるまま書いてみた題材が「任侠物《にんきょうもの》」だった。父親の仕事がそれに近かったからだ。身近にあるモデルをデフォルメして活劇風に仕上げたそれが、よもやの大当たりをしてしまったのだ。

『振り向けば若頭』

それが伊吹の代表作となってしまったわけである。

人気に押されてシリーズとなり、テレビドラマ化までされた。イブキリュウは今や、出せばベストセラーを飛ばす大人気のハードボイルド作家なのだ。読者や関係者、伊吹の職業を知る周りの人たちは、敬意を持って伊吹のことを『若頭』と呼ぶ。

『次は若頭、何処《どこ》で暴れさせましょうか』

初めて『振り向けば若頭』を出したのが二十二歳の時。あれから六年が経《た》ち、書く物はすべて警察物か任侠物だ。若頭シリーズは八作目を迎えるところで、いい加減ネタも尽きている。

「何処でっていっても、まずは日本に帰ってこないといけないですよね」

『確かに！』

最後に若頭が落ちた滝壺は南米なのだ。これで終わりだと思ったから、思いっきり冒険をさせ、できるだけ遠くの土地に飛ばしてやった。……日本のやくざがどうしてそんなところで活躍しているのか、書いた本人さえ首を傾《かし》げる事態に陥っているのだ。これ以上はどう枝葉を伸ばせばいいのか分からない。

『そうだ。新展開として、日本の温泉地を転々とし、地方のやくざと戦い、その地域の人たちを救っていくっていうのはどうですか？』

新展開の前に、若頭を日本に帰すアイデアをまず先に出してほしいのだが。

『そういうのって人気出るんですよ。勧善懲悪が好きですからね、日本人は。何かこう、決めゼリフみたいなもん作りましょうか。「ひかえおろう」みたいな。あっ、そうだ。刺青《いれずみ》を見せよう。んばっと！』

「それ何処かの時代劇ですよね。やくざってそもそも自分のショバを守るもんでしょう？それがなんで全国を回るんですか」

『そういうディテールは無視していいんです』

「ディテールっていうか、そこ根本だと思うんですけど」

『じゃあ滝壺から落ちて、記憶喪失になったことにしましょう。それで各地を転々としながら記憶を取り戻す。……いい。これはいい！』

また無茶な展開を提案してきた。

「……それだと自分がやくざだってことも忘れてますよね。温泉地に行っていきなり地域の暴力団を敵に回すっていうのは無理があると思うんですが」

『そこはほら、イブキ先生の筆力でなんとか』

そして肝心なところは丸投げである。

『そうだ！　各地を回ったところでご当地のマドンナと恋に落ちるってのはどうですか。今までのアクションに加え、恋愛要素も盛り込んで。これ、上手《うま》くすると映画に起用されますよ。「さすらいの若頭」とかタイトル付けて』

「それ、何かのパクリなんじゃ……」

『とにかく、先生の若頭は人気があるんですから、終わらせるなんて勿体《もったい》ない。まだまだ行けますって』

話がふりだしに戻り、伊吹はまた溜息を吐いた。訥々《とつとつ》と言葉を選びながら話す伊吹に対し、佐田のしゃべりは機関銃のようだ。そしてこの剣幕に押され、強く反論できないのも不甲斐《ふがい》ないと思う。

小説家という職業柄、引き籠《こも》りがちで性格もどちらかというと温厚なほうなのだが、周りはそれを認めてくれない。外見がまるっきりハードボイルドなのに内容が伴っておらず、それが伊吹の悩みの種なのだ。

熱心な佐田に引き上げられ、今のような人気シリーズが生まれたことは感謝している。だが、伊吹としては今のハードボイルド作家という肩書が、少々重たい。

『そうだ。雑誌のほうに掲載された短編、あれ評判がいいですよ』

黙ってしまった伊吹を引き立てるように、佐田が言った。

若頭シリーズのスピンオフとして出した短編は、主人公がチンピラではあるものの、本編よりも恋愛色が強い。

『ヒロインのキャラがいいですね。とても魅力的でした』

「そうですか?」

『恋愛に至る心情描写が細やかで、今までにない展開で新鮮でした。先生の新しい一面が垣《かい》間《ま》見《み》られたというか。とにかくいい感じでしたよ』

「ありがとうございます!」

溜息ばかり吐いていた伊吹の声が、ようやく明るくなった。

「実は……、自分としてはああいうのを書きたいんですよね」

『ええ、いいですよ』

「本当ですか?」

『だから若頭シリーズにロマンスを絡ませましょう。ご当地のマドンナとの激動の恋愛沙《さ》汰《た》』

「……いや、そうじゃなくて」

書きたいのは恋愛が主軸のストーリーだ。今の若頭シリーズに絡ませれば、それは脇に寄せられてしまう。伊吹としては、まったく違う分野の作品を書きたい。

『短編でやったような、本格的な濡《ぬ》れ場。あれを増やしましょうよ。マドンナたちとそういうのをね、バンバンやっちゃってください』

「バンバンって言われても……」

『是非濃厚なので一発、いや何発でも。新しいイブキワールドを炸裂《さくれつ》させてくださいよ』

炸裂させたいのはそこではないのだが、佐田の声がますます熱心になっていく。

『あの短編に出てきたヒロインの「眞田史子《さなだふみこ》」。よかったですねえ。清楚《せいそ》なのに茶目っ気もあって。ちょっとおっちょこちょいなのが可愛いんですよ。病院での出会いのシーンは笑えましたよ』

主人公が怪我《けが》を負って駆け込んだ病院で知り合った二人が、事件に巻き込まれながら親しくなっていく経緯が、コミカルで楽しいと佐田が言った。

『それで濡れ場！　いざって時に色っぽいんですよ、史子が。あれはよかったなあ。誰かモデルがいるんですか？』

「ええ、……まあ」

『ですよね。リアリティありましたもん。彼女さん？』

「いえ、違います」

『モテますもんね、先生は』

「そんなことないです」

『またまた』

電話の向こうから下世話な笑い声がした。

『とにかくいろいろなキャラの女性を登場させましょう。んで、濡れ場をドーンと。メロメロにしちゃってくださいよ。若頭は絶倫ですから』

「そんな設定はないですが」

『絶倫なんですよ！　だって若頭なんだから。やくざの特技といったら先生、セックスでしょう?』

「そうなんですか?」

『そんなのは僕よりも先生のほうが詳しいでしょうが』

「全然詳しくないです」

『とにかく先生の豊富な経験を元に、ガンガン濡れ場を増やしましょう』

「本当、ないですから」

『またまた』

恋愛を書きたいと訴えているのに、更に高次元なところに話が飛んでしまい、慌ててしまった。

豊富な経験を活かせと言われても、できるわけがない。何故《なぜ》なら伊吹には、そういった経験が皆無だからだ。

二十八年間、伊吹龍之介は純潔を守ってきた。こんないかついナリをして、小説では極道物を書きながら、完全なる童貞なのだった。

好きで純潔を守ってきたわけではない。奥手で臆病《おくびょう》な性格上、自分からアプローチするなど考えられなかった。加えてこの外見だ。好みのタイプは清楚で可愛らしい人なのに、寄ってくるのは派手な化粧に木刀を持っているようなのか、学校に行かない癖にやたらと漢字の得意なのとか、そんなのばっかりだ。

恋も経験も想像の世界で花を咲かせ、そんなだから小説家などになっているのに、実生活で豊富な経験など積めるわけがない。そしてそんな伊吹の純潔を誰も信じない。自分から宣伝することでもなく、困ってますます実際の恋愛体験は難しくなってしまうのだった。

『「史子」みたいな魅力的なキャラをガンガン出していって、若頭と絡ませましょう。あっ、そうだ！』

「今度はなんですか」

『先生、行きましょう』

「何処に？」

『より魅力的な女性キャラを探求するためのツアーとかどうですかね。協力は惜しみませんよ。まず銀座《ぎんざ》は外せないですよね。極道といえば夜の蝶《ちょう》ですから。いつ行きます？　今日？』

「あ、いや……」

『温泉地を回るのもお供します。なに、執筆のためですから、取材ってことで。何処にします？　手近なところで熱海《あたみ》辺りとか。ミミズ芸者ってあれ、何処の話でしたっけ？』

「ミミズって……ちょっと待って佐田さん」

佐田はいったい自分に何を書かせようとしているのか。

焦った声を出す伊吹に、佐田はあははと声を上げて笑い、「冗談ですよ」と言った。

『まあ、冗談は冗談として、本当、そろそろ次の準備に入ってもらいますよ。こういうのは勢いが大事なんですから。アイデアが出たときにババババッと書いちゃいましょう』

アイデアを出したのも、勢いづいているのも佐田なのだが、伊吹の訴えはもはや佐田の耳には入っていない。そして明るく一直線にゴリ押しされ、結局は佐田の思惑通りに話は進むのだった。

『じゃあ、取りあえず次のお話はそっち方面ということで。若頭の新展開、ね。プロットは来月あたまぐらいの締め切りでいいですか？　いいですね？』

「……はい。頑張ります」

一方的な打ち合わせが終わり、溜息を吐きながら電話を切った。

書斎にしている部屋から出て、リビングに行く。仕事に取り掛かる気にもなれず、伊吹はソファに腰を下ろした。テレビのリモコンを手にしたまま、何も映っていない大画面テレビをぼんやりと見つめる。

一人掛けのソファはかなり大きく、小柄な佐田なら二人並んで座れるほどだ。その他の家具も、住人のサイズに合わせてあるから全部がゆったりとしていた。天井も高い。たまにやってくる友人がこの部屋に入ると、自分が小人になってしまったようだと言っていた。

「……さて、どうするかなあ」

次の新作は伊吹の思惑通りには行かず、若頭シリーズで決定してしまったらしい。もう少し抗《あらが》えばよかったか。だが、頑張ったところで結果は同じことになっただろうと思うと、まあ仕方がないかとも思えてくる。

点《つ》いていないテレビ画面に自分の姿が映っていた。前屈《まえかが》みになり、寄せられた太い眉とその下にある目が、自分を睨《にら》んでいる。

ああ、また油断してしまった。

画面に映る自分の姿に、いけないいけないと、姿勢を正し、寄せた眉根を開いてみる。気を抜くとこうなってしまう。自分の家に一人でいて、緊張していろというのもおかしな話なのだが、伊吹の場合、普段からの鍛錬が必要なのだ。

何故なら自然体でいるこの風体が、どう見ても堅気に見えないからだった。

鋭い眼光。厳しく寄せられた眉。そんな伊吹を友人は親しみを込めて「殺し屋」と言う。百九十センチまで伸びてしまった身長はどうにもならず、子どもの頃から空手で鍛えてしまったため、筋肉も硬質で分厚い。

普通にしていても強面《こわもて》なのに、顔の傷がそれを増大させていた。

顎の下にある傷は、今では大分薄くはなっているが、伊吹の印象に決定的なオプションを付加している。幼少の頃に犬に追い掛けられ、転んで負った傷の経緯を誰も聞いてはくれず、いつの間にか熊《くま》と戦ったことになっていた。中学校でのあだ名は「熊殺し」だった。

いかつい印象を少しでも和らげようと髪を伸ばしてみたのだが、それも友人によれば、日本の極道から日系のマフィアに移っただけで、根本的な胡散《うさん》臭さは変わらないらしい。

リモコンの電源を入れ、自分の姿を消す。明るくなった画面に、主婦向けのワイドショー番組が映し出された。

テレビボードの飾り棚に、熊のぬいぐるみが手足を投げ出すような形で座っていた。熊の横にはウサギ。別の棚にも大小さまざまな人形が数体、綺麗《きれい》に並んでいた。

出掛ける度に購入し、増えていくぬいぐるみたちは、テレビボードの他にも、ダイニングテーブルの上、キッチンカウンターの隅と、伊吹の部屋を着々と占領しつつある。

飾り棚にある熊を眺めながら、さっき佐田に褒められた短編のことを考えた。あれは自分でもかなり気合を入れて書いたものだったから、それを評価してもらえたことは単純に嬉しい。キャラが魅力的だとも言ってもらえた。それはそうだろう。

優しげで清楚な出《い》で立ちは、見たままを描写すればよかったから、苦労もなく書くことができた。絶賛された濡れ場も、妄想と願望を練り込んだ作業だったから、今までにないくらいにのめり込んで書けたと思う。

佐田に答えた通り、確かにあの『眞田史子』のキャラにはモデルがいた。彼女かと冷やかされたが、残念ながらそれは違う。

あの人は伊吹のことを覚えてはいないだろう。衝撃的な出会いは伊吹の中だけに残り、半年経った今でも鮮明に思い出すことができる。

そして時々、こっそりその姿を覗《のぞ》きに行っては、彼の代わりに熊やウサギのぬいぐるみを持ち帰り、部屋のあちこちに飾っている。

一目惚《ひとめぼ》れをしたその日から始まった、それは伊吹の密《ひそ》かな楽しみなのだ。

※

「刺青を入れた人はＭＲＩ検査はできませんよ」

にこやかに見下ろしてくる看護師を見上げ、「おはようございます」と挨拶をする。

遡《さかのぼ》ること半年前。伊吹は浅草橋《あさくさばし》にあるクリニックの待合室にいた。

大学の先輩が勤めているそこに、半日ドックのためにやってきていた。自営業であれば自分の健康管理は自分でしなければという先輩の助言に従い、年に一度通っている。毎年訪れているから、看護師も医師も顔見知りだ。

声を掛けてきた看護師の堀田《ほった》は、伊吹の職業を知っていた。新作を出せば必ず読んでくれる有難い読者でもある。

「悪い薬をやってるのもすぐに分かるんですからね」

ただ難点は、冗談が過ぎるということだ。しかも笑えない。

「堀田さん。どっちもやってませんから……」

「尿に出なくても、髪の毛や爪《つめ》に反応が出るんですからね。誤魔化《ごまか》せませんよ」

案の定、そこそこ混《こ》んでいる待合室の中、伊吹の周りにドーナツ現象が発生している。一つ置いた隣に座っていた男性が、トイレに行く振りをして立ち上がり、すぐ後ろに座っていた人が、尻をずらしながら席を移動していく。

「そうそう。この前の闘争、凄《すご》かったわね。よくまああれで生き残れたものだわ。一人で何人殺したの？　流石《さすが》若頭」

「堀田さん……」

明るい声で伊吹を陥れ、孤立させた堀田は、悪びれることもなく絶飲食の確認をし、検査室に消えていった。

自分の周りだけやけに閑散としてしまった待合室で、伊吹は所在なく名前を呼ばれるのを待っていた。

このクリニックでは、人間ドックを受けた患者に食事券を配る。検査が終わったあと、周辺の店の中から自分で選べるのが楽しみだ。

今日は何処でランチを取ろうかと考えている伊吹の隣に人が座った。そこだけ不自然に空いている席をわざわざ選ぶのはなかなかの勇者だと、驚かさないようそっと視線を向けた。

伊吹と同じ検査着から覗《のぞ》く腕は引き締まっている。健康的な肌色に静脈が浮き出ているのが綺麗だ。肌質は伊吹よりもきめ細かく、何処か繊細な印象を受ける。腕と同じく、スッキリとした横顔もゴツゴツとしておらず、柔らかな稜線《りょうせん》が優しげで端整だ。閉じた唇は厚くもなく薄くもなく、ほんのりと口の端が上がっていた。

ロングガウン状の検査着の前が無造作に捲《めく》れていて、そこから足が見えた。こちらも腕同様、健康的で滑らかだ。肉付きは中肉中背。背はそれほど高くなさそうだが、背筋をピンと伸ばし、姿勢よく座っている姿も美しい。

しっかりと男性的でありながら、粗野な部分がない。清楚な出で立ちは、伊吹の最も好みとするタイプだ。覗かせた足が色っぽい。

「眞田さん。眞田史弘《ふみひろ》さん」

検査室から看護師の声が聞こえ、隣の男性が立ち上がった。「はい」と返事をする声も凛《りん》として好ましい。年齢は同じぐらいだろうか。

名前を呼ばれた眞田史弘が検査室に行こうと一歩踏み出し、隣に座る伊吹の足に引っ掛かった。

「あっ」

「うわ……っ！」

突っ掛けられた眞田が勢いよくダイブした。飛んでいこうとする身体を慌てて抱きとめる。気が付けば、伊吹はその人を膝《ひざ》の上に抱いていた。横抱きにした状態で、両腕はしっかりと胴体に巻かれている。細い。引き締まっていていい感じだ。

「す、すみません」

伊吹の上に座ったまま、慌てて謝ってくる目が大きく見開かれていた。睫毛《まつげ》が濃く、黒目が大きい。さっきは閉じられていた唇がポカンと開いていて、白い歯が綺麗に並んでいるのが見えた。宙を掻《か》いていた眞田の手は今、伊吹の腕を摑《つか》んでいる。細身で筋肉質な身体は僅《わず》かな弾力があり、丁度いい重さだと思った。

茫然《ぼうぜん》としたまま二人で見つめ合う。

「……大丈夫ですか？」

「……はい。あの……」

ここから二人の物語が始まる――

「眞田さぁーん、何やってんですか？　中に入ってください」

――はずもなく。

「どうもすみませんでした」

伊吹の膝の上から速やかに降り、丁寧に頭を下げる眞田に、伊吹も何事もないと手を振った。近視のようで、声のするほうに向けた目を眇《すが》めている。

「眞田さん、眼鏡は掛けてきてもいいんですよ」

「え、そうなんでしたっけ。ロッカーに置いてきちゃいました」

もう、と看護師が笑い、照れ臭そうに眞田が頭を掻いている。ここを訪れたのは初めてではないようだ。

「コンタクトは外してもらいますが、眼鏡は大丈夫だって言ったじゃないですか。今回はちゃんとパンツ穿《は》いてますか？　下着もそのままでいいんですからね」

「そっちはちゃんと穿いてます」

眼鏡がなくて足元が覚束《おぼつか》ないのか、看護師に腕を取られ検査室に連れていかれる様子を見送りながら、なんだ、前回そんな素敵ハプニングがあったのかと、残念に思った。是非とも下着をつけないまま膝の上に来てほしかった。

優しげな横顔に大人の落ち着きを感じたのだが、意外とそそっかしい人のようだ。なんの躊躇《ちゅうちょ》もなしに伊吹の隣に座ったのも、ただ空いている席に来ただけなのだろう。

今日は朝からラッキーな思いをしたと、膝の上に残る感触を思い出していると、名前を呼ばれた。のっそりと立ち上がり、伊吹も検査室に入った。

身長体重を測り、眼底検査、血圧、心電図と、指示されるまま動き回る。館内は広く、器具やパーテーションで仕切られた間を人が行き来する。さっき膝の上に乗ってくれた人を探してみたが、検査の種類が違うのか、見つからなかった。

レントゲンを撮り、それから血液検査のブースに連れていかれた。パーテーションに囲まれた空間で、小さな枕のような物の上に腕を置き、チューブを巻かれる。

「親指を中に入れて、軽く握ってください」

言われた通りに拳《こぶし》を作り、針が血管に入っていくのを凝視した。痛みも恐怖もないが、やはり好きな行為ではない。

「……ぁ、ちょっ……と、待っ、……あ、あっ」

採血をしている伊吹の隣、パーテーションの向こうから悩ましい声が聞こえてきた。

「はい、眞田さん、逃げない逃げない。大丈夫ですよー、すぐ終わりますから」

看護師が名前を呼ぶのを聞き、さっきの人だと分かった。

「行きますよ。力入れないでね。入れないで。……じゃあ、一回深呼吸しましょうか」

どうやら注射がとても嫌いらしい。

「はい、手を握って。……眞田さん、私の手じゃなくてね、自分のを握ってくださいね」

「あ、はい、……すみません」

「チク、としますよ」

「……ぁ、ぁ、っ、……ぅ――」

針が刺さったらしい。パチンパチンと試験管を弾《はじ》く音がし、その度に眞田が心細げな声を上げている。

「……終わり？」

「まだ」

「え、まだ……？　あと何本？」

「んー、あと二本」

検査に回す血液は試験管三本分で、それを聞いた眞田がまた情けない声を上げた。

「そんなにいっぱい……死……」

「死にません。いっぱいに見えても、案外そうでもないんですよ。はい、もうちょっと我慢」

「っあ、もう……」

「ほら、逃げない。抜けたらやり直しですよ。嫌でしょう？」

「嫌です。……無理」

「だったら大人しくしましょう。……力抜いててくださいね。じっとしてたら……ほら、痛くない」

「んっ……ん、ぅ」

「何度やっても慣れませんねえ」

やり取りだけを聞いていると、別のシチュエーションになりそうな、危ない会話だ。

「血の色が濃いですね。眞田さん、B型？」

「え、分かるんですか？」

「分かりますよー、血の色で。こんな風に鮮やかな赤はね、B型なんですよ」

「そうなんですか。へぇー、凄いですね」

感心した声が響き、伊吹の向かいにいる看護師が噴いた。人の血を抜きながら、肩を震わせて笑っている。

「……ちょ、嘘なんですか？　酷《ひど》いじゃないですか」

こちらの気配で悟ったのか、眞田が看護師を非難している。

「嘘じゃないですよー。ほら、若いですからね、勢いがいい。サラサラな血ですね」

「え、いい血ですか？」

「血液年齢は……んー、この勢いは二十代前半ですね」

「えー、二十代？　本当ですか？」

「本当ですって。毎日診ていますからね。見ただけで血液年齢が分かるんですよ」

「そうなんですか。プロですね」

「そうですよー」

本当か？　と向かいの看護師に目を向けると、看護師は笑いながら首を横に振った。

パーテーションの向こうでは、二十代と判定された眞田が嬉しそうに笑っている。同じくらいの年齢かと思ったのだが、自分よりも年上だったようだ。

「あと一本ね」

「ぁ、ぁ」

「はい、動かない。もう終わりですよー」

パーテーションの向こうのやり取りを聞きながら、なんて可愛らしい人なんだろうと、口元が緩んだ。さっきいきなり人の膝の上に飛び込んできたことといい、人の話をすぐに信じる素直さといい、艶《なま》めかしい声といい、素晴らしい人だと思う。

「伊吹さん、血を見るのが好きですね」

試験管に溜《た》まっていく自分の血液を眺めながら笑っている伊吹に、看護師が笑顔で言った。

※

駐車場に車を止め、地下から外に出る。そこからは歩きで、伊吹は大きなファッションビルを目指した。

渋谷《しぶや》のシンボルとして古くからあるビルの中に、眞田史弘の営業先がある。

人間ドックに訪れたクリニックで劇的な出会いをし、一目惚れをした相手は、クリニックの近くにある玩具《おもちゃ》メーカーに勤める営業マンだった。

年は三十三歳。血液型はB型。住まいは杉並にある。都内にある各エリアを営業して回るルートも突き止めた。

月曜の今日は主に渋谷エリアを回る。人の大勢いる渋谷はあとをつけやすく、営業先の店舗の配置がバランスよく、他のエリアよりも眞田の姿を多く眺められる。以上の理由から、伊吹ももっぱら月曜に渋谷界隈《かいわい》に出没していた。

声を掛けることなどは、もちろんない。こうして眞田の営業エリアに出向き、後姿を見守り、彼の会社の商品を購入する。それだけで満足……するわけはないが、それ以上の行動に移す勇気はない。

目的のビルに入り、エスカレーターに乗った。

グレーのラガーシャツに黒のカラーパンツ、建物内なので、ダウンジャケットは手に持っている。一応地味めの服装を選んではいるが、醸し出す雰囲気は如何《いかん》ともしがたく、若い女性客の多い中、伊吹の存在は相変わらず浮いていた。

三階でエスカレーターを降り、雑貨を扱う店の前までやってきた。

眞田の勤める玩具メーカーでは、幼児向けの玩具の他に、ぬいぐるみなどのマスコットグッズを扱っている。熊などの動物や、得体の知れない生き物系の形をしたそれらは、特殊な加工が施されており、ふわふわヌルヌルとした手触りが独特で、ずっと触っていたくなるような中毒性がある。

ショップの外から遠巻きに眺めていると、スーツ姿の眞田が店長に頭を下げているのが見えた。営業マンらしいグレーのスーツが輝いている。

新商品の説明でもしているのか、眞田はいつもよりも熱心に話している。いつの時もほんのりと口角が上がっている唇は、今ははっきりとした笑顔になっていて、満開の花のようだ。懸命に説明をするうちに、ずれていく眼鏡を直す仕草が可愛らしい。細い指が繊細に動く様はまるで踊っているようだ。眼鏡がずれる。また上げる。あ、笑った。……可愛い。

女子高生らしき集団が、眞田の会社の商品を手に取った。可愛いと声を上げている彼女らを見つめ、眞田が嬉しそうに微笑《ほほえ》んだ。

いいなあ、と遠くからそれを眺める。あの集団の中に入り、自分も眞田に笑顔を向けられたい。だが、眞田の前に出ていく勇気はとても持てず、こうして柱の陰から見つめるのが精いっぱいだった。

やがて、眞田がまた丁寧に頭を下げ、ショップから出ていった。見えなくなるまで背中を見送り、それからのっそりと店内に入っていった。

どんなに混んでいても、伊吹の周りにはドーナツ現象が起きるため、買い物はしやすい。茄子《なす》にウサギの耳が生えたような形状の物は見たことがない。今回はこれが新商品だったのだなと、伊吹はそれを購入することにした。

眞田の前に出ることはできない伊吹だったが、眞田のいないファンシーショップに入るのには躊躇がない。購入のついでに、眞田の売るぬいぐるみたちが目立つように商品を並べ替えた。細やかな応援のつもりだ。

支払いを済ませ、満足して店を出た。紙袋をぶら下げて、次の目的地に向かう。

生活雑貨を扱うチェーンストアや、地下街、駅周辺のファンシーショップ、休憩で立ち寄るコーヒーショップなど、眞田の行動範囲はすべて把握している。

営業で鍛えた眞田の足は軽快に歩いていく。人の多い渋谷駅の周辺でも、その姿を見失うこともなく、伊吹は悠々と後ろをついて行った。小さな商店の斜め前で人を待っている振りをしながら眞田の仕事を応援し、別の店でもう一つ小振りのぬいぐるみを購入した。

やがて営業回りを終え、眞田がいつも寄るコーヒーショップに入っていった。それを見届け、伊吹も帰ることにする。休憩を終えた眞田はこのまま浅草橋にある会社に戻り、それから杉並の自宅へ帰る。職場の人と飲んで帰ることもある。焼き鳥が好きで、温泉卵のタレにつけて食べるつくねが特に好きなようだ。

世の中ではこういった行為を犯罪用語でなんと呼ぶのか、一応は知っている。だが、伊吹の場合は知り得た情報を利用して、彼をどうこうしようという目的がないわけがなくもないが、ギリギリ大丈夫だろうと思っている。

駐車場に戻り、今日買った商品を車の中に入れた。車内にはすでに先客のぬいぐるみたちが後部座席に並んでいる。時々は人にあげたりもするが、それでも外出の度に買うので、数は増えていく一方だった。

時計を見ると、四時になるところだった。夕食を取るにはまだ早い時間だが、せっかく外出してきたのだから、もう少しその辺をうろうろして、外で飯を食って帰ろうと考えた。眞田を遠くから見守るというこの行動がなければ、滅多に遠出することもない伊吹だ。

荷物だけを置き、再び駐車場を出た。線路脇の道に入り、何か小説のネタでも落ちていないかと歩いていった。路地裏やガード下などのうらぶれた雰囲気は、想像が膨らみやすい。

朝方まで降っていた雨のせいで道は濡れていて、あちこちに水溜りができていた。薄暗い湿った空気感が殺人現場っぽくていい。

しばらく線路に沿って歩き、小さな店舗の密集する路地に入っていった。夜は灯《あか》りが点くのだろう一杯飲み屋の看板が隅に寄せられ、死んだ街のように人の気配がなかった。

壊れかけた小屋の壁にスプレーで落書きがされていた。こういう小屋に連れ込んで、取引場所は何処だ、と問い詰められる場面とかどうだろう。

——柔そうに見えて、どうしてどうして。なかなか口を割らねえな。たいしたもんだ。

鬼瓦《おにがわら》のような顔をした敵役の組長が、不敵な笑みを浮かべて人質の顎を摑んでいる。細い顎を上向かされ、キッ、と睨み上げる目元は赤く腫《は》れ上がっていた。唇の端に血を滲《にじ》ませながら、それでも気丈に口を割らない人質、史弘。

——その綺麗な顔に赤い模様を描いてやろうか？

頬《ほお》に当てられるナイフ。それでも口を開かない人質。大丈夫。何をされても……たとえこの身が滅びようとも、僕はあなたのことは口にしない。伊吹さん……っ。

震える身体。下世話な笑みを浮かべ迫りくる鬼瓦。絶体絶命だ。

電車が轟音《ごうおん》を立てて走り去り、振動で小屋が揺れる。その音にまぎれてドアを蹴破《けやぶ》る。

——なんだてめえ、どうしてここが……。

慌てる組長。飛び掛かろうとする雑魚《ざこ》どもだが、その刺すような眼力に金縛りにあったように動けなくなる。

——その汚ねえ手を離しやがれ。無事か、史弘。

——きっと来てくれると信じていました。

交わし合うアイコンタクト。派手な乱闘の末、一瞬の隙を突き、逃げようとする人質を追う鬼瓦。光るナイフ。危ないっ。

暗転の後、フッと目覚めると、目の前には泣き濡れた史弘の顔がある。

——どうして……？　僕のためにこんな……。

泣きじゃくる頬を撫で、大丈夫だ。心配するな。お前のためなら俺は……、史弘。

慟哭《どうこく》。薄《う》っすらと笑みを浮かべ、史弘の膝の上でこと切れる……俺。（完）

なんてプロットを出したらすぐさま却下だろうなと首を振った。

飲み屋街を抜け、また線路に沿った道に戻ってくる。だらだらと歩いているうちに、だいぶ遠くまで来てしまった。このまま行くと、代官山《だいかんやま》に到達してしまう。約束も急ぎの仕事もあるわけではないから、いっそ代官山まで歩き、そこで飯を食うかと考えた。

前方にガードが見えてきて、今度はその下で絡まれている眞田を救い出すというシーンを思い浮かべた。

ベタ過ぎてこれも佐田に鼻で嗤《わら》われるレベルのシチュエーションだが、実際に書いて出すわけではないし、脳内で考える分には伊吹の自由だ。

ネタ出しや執筆に飽きると、大概こんなことをして頭の中で遊んでいる。

やたらと眞田を危ない目に遭わせ、間一髪で自分が助け出すというシーンだ。そして最後に伊吹は死んでいる。または二人で逃避行をして追い詰められた末に、やはり死ぬ。

バッドエンドしか思い浮かべられないのは、元来のネガティブ思考に加え、彼をたとえ脳内でも自分の恋人として登場させてしまったという申し訳なさ故だ。

救い出す前にまずは知り合わなければならないが、そのシチュエーションは浮かばない。

手っ取り早くチンピラに絡まれているところを助けるとか、車に轢《ひ》かれそうなところを横っ飛びで救うとか、伊吹の書く若頭ならなんの苦労も躊躇もなくできるのだが、自分に置き換えたら無茶な話だし、第一、そうそう人はチンピラに絡まれたりはしないものだ。

線路脇はますます寂れていき、舗装されていない道は水溜りも多くなってきた。前方にあるガード下を潜ってから大通りに出ようと考えていたのだが、そこに人の影が見えたから、ガードの手前にある道を折れることにした。

ギャハハと下品な笑い声を上げ、柄の悪そうな連中がガード下にたむろっている。あんなところをわざわざ通って、自分が因縁をつけられたら面倒だ。伊吹の顔を見れば、勝手に親近感を覚えて寄ってくるか、逆に挑んでもいないのに、お互いの地位をはっきりさせようと凄んでくる。君子危うきに近寄らずだ。

なるべく音を立てないように歩を進め、目的の角まで辿《たど》り着く。道を曲がりながら、ガードのほうへ視線を送った。

雰囲気のある、いいガード下だ。柄の悪い三人組も絵面として丁度いい。三人ともこちらに背中を向けているから、すぐには気が付かないだろうと、安心して観察の目を向けた。

三人の前にもう一人、人の姿が見えた。明らかに雰囲気の違うその人を、連中が取り囲んでいる。

「……え？」

つい今しがた、そうそうあることではないと思った光景が目の前で繰り広げられている。

しかもその中心にいるのは、信じられない人だった。

「すみません。通してもらえませんか？」

ずり落ちそうな眼鏡をクイ、と上げ、目の前に立つ背の高い男を眞田が見上げている。

派手なダウンジャケットを着たその男の両隣に、背の低い小太りの男と、中肉中背の男が並んでいた。

嘘のような光景を茫然と見ていた。

線路脇のガード下。眞田が柄の悪い男三人に囲まれている。

「ジロジロ見てんじゃねーよ、あ？」

「すみませんでした」

「なんか文句あんのかよ」

「いえ。文句じゃなく……」

「文句じゃなくなんだよ？　ガン飛ばしてんじゃねーぞ、あ？」

「あー……いえ」

「ちゃんと言えやこら」

取り囲まれ、上から被《かぶ》さるように声を出されているが、眞田は悠然としている。鞄《かばん》を胸に抱き、声に戸惑いはあるものの、以前クリニックでパーテーションの向こうから聞こえてきたあれよりも、断然落ち着いていた。

「いえ、ただ変わった……服装だなあ、と思って……」

「なんだと、あ?」

「やー。そういうの、何処で買うのかなと思って。すみません、失礼でしたよね。謝ります」

「どんな恰好してようが、関係ねえだろが」

「そうですね。すみませんでした」

どうやら目が合ったまま、眞田は彼らをガン見してしまい、それについてのイチャモンを付けられているらしい。

「俺らの存在が、おめーに何か迷惑掛けたか? そう言うんなら、おめーが納得するような恰好してやるよ、あ?」

これは、眞田と親しくなる絶好のチャンスなのではないか。

因縁をつけられている眞田の前に颯爽《さっそう》と現れ、あのチンピラたちを蹴散らして、眞田を救い出したら感謝されるに違いない。願ってもないシチュエーションだ。

半年間あとをつけ回し、その姿をそっと見守るしかなかった眞田と顔見知りになれる。顔見知りどころか、助けたお礼にお茶でも……などと誘われたらどうしよう。

「いえいえ。本当、すみませんでした」

いいや、礼には及びません。通りすがっただけですから。いえ、それじゃあ僕の気が済みませんから是非。なんて言われたら断れない。

「どんな恰好がいいんだよ。文句ねえようなのを買ってきてやるよ。だから金寄越せよ」

じゃあ、ちょっとだけなら。危ないところをありがとうございました。あなたは命の恩人です。いやいや本当にたいしたことじゃありませんから。……強いんですね。あの黒目勝ちの目でそんなことを言われたら、……死ぬ。

「いや、だから文句なんてないですから」

そして自己紹介から話が弾み、次には食事でも、なんていう展開になったら嬉しいかもしれない。

「いいから買ってくるから。金寄越せよ、なあ」

食事を数回するうちに、部屋を行き来するような仲になれたらとんでもない幸運だ。

「おら、早く寄越せって。財布ごと」

眞田の勤め先の場所を聞き出し、え、浅草橋？　俺、毎年あそこのクリニックに人間ドックに行っているんですよ、なんて流れに持って行くだろう。

そしてあの待合室での出来事をさり気なく振ってみる。……ああ、あれはあなただったんですね。なんという偶然。僕たちは運命で結びついていたのかも。

眞田さん、俺は実はあの時からずっとあなたのことを……。

——二人の物語がここから始まる……。

「いいから財布出せって。怪我しないうちによお！」

あれこれと今後の展開を考えている伊吹の前で、相変わらず若いチンピラ風の三人組が眞田に絡んでいる。まずは眞田を救い出してやらなければ。

伊吹は静かに集団に近づいていった。

喧嘩になるだろうか。相手は三人だ。いっぺんに掛かってこられたら厄介《やっかい》だ。だが、たぶんそうならないだろうという楽観的な考えもある。こういう時に伊吹の容貌《ようぼう》はとても有効なのだ。普段はなるべく隠そうと努力しているオーラを解き放てばいい。

喧嘩になっても多少の応戦はきく。小さな頃から無理やり習わされた空手は黒帯を持っている。相手が自棄《やけ》になって掛かってくるようなら、眞田を先に逃がして、自分も逃げればいい。三人相手でも、それくらいの時間稼ぎはできるだろう。

寄《たか》って集って眞田をいたぶることに夢中になっている三人は、近づいてきた伊吹の存在にまだ気づいていない。

準備運動代わりにゆっくりと首を回し、結んである髪を整え、それから息を吸った。

「おい、何をしている？」

ドスの利いた声に三人が振り返った。背後に立っている伊吹を認め、一斉に固まる。

その様子を見て、大丈夫そうだと確信した。この三人に、伊吹を相手にする勇気はない。

「お前ら何処の組のもんだ？」

間近で見ると、三人ともだいぶ若い。見た感じはチンピラ風だが、スジ者ではないと見た。

職業柄と家庭環境の影響で、その手のことには多少詳しい伊吹だ。

「この辺は権田組《ごんだぐみ》の島のはずだが、見たことねえツラだな」

じっと顔を見つめると、真ん中にいた男の顔がサッと強張《こわば》った。三人の中では一番背が高いが、それでも伊吹よりは十センチ以上低い。腰を屈め、下から顔を覗くようにしてやると、視線を泳がせながら硬直した。顔を逸らしたくても、あからさまに避けることができずに困っている。

普段なら相手にこの手の反応をされたら、やめて、怖がらないでと、悲しくなるのだが、今はわざとしていることなので、思った通りの反応が返ってきたことに満足した。

睨みを利かせながら、目の前で棒のようになっている三人を観察した。本当に若い。たぶん十代だろう。それに、よくよく見れば、恰好が何処かおかしい。

ヒョロっとした男は、ショート丈のダウンジャケットを着ていた。色は派手な黄色で、まあそれはいいのだが、ダウンの下が短パンにブーツだ。何がしたいのかが分からない。

小太りの男が着ているオラオラ系の黒の上下ジャージは、恰好こそそれっぽいが、太っているため小学生の体操着のようだ。実際腰パン風にずり下げてあるゴムの部分に、名札を剝《は》がしたあとがある。

もう一人に至っては、ドラゴン刺繍《ししゅう》のスカジャンを羽織っていて、それが可哀想《かわいそう》なほど似合っていなかった。猛々《たけだけ》しい柄のスカジャンに対し、下半身は高校の制服のようなチェック柄のスラックスなのだ。いや、たぶん本当に制服なのだろう。キチンと折り目までついている。どうしてそんなコーディネートにしたのかと、問い詰めたいほどの痛々しさだ。

「……なるほど」

因縁をつけられ、謝りながら眞田が言っていたことに納得した。眞田は純粋に彼らの奇天烈な恰好に目を奪われ、何も考えずに見つめ続けてしまったものらしい。眞田らしいと言えばそうだが、それも仕方がないんじゃないかと思えるような三人の風体だった。

「で、その人に何の用だ？　知り合いか？」

顎でしゃくるようにして、眞田を指す。鞄を抱いたままこちらを見つめる眞田も硬直していた。大丈夫ですよ、今助けますと、口の端を引き上げ笑ってあげると、眞田が「ひ」と声を上げて肩を竦《すく》めた。

伊吹の質問に、三人のチンピラ風味の学生は、固まったまま一言も話さない。

「口がねえのか？　どうした？　あ？」

「……あの、いえ、ちょっと……」

「あんまり勝手なことをすんなよ。見たところ、その人は素人《しろうと》さんだろう。一般人を巻き込むんじゃねえ」

「……いえ、俺らは、その……」

「なんだ？　文句あんのかこら」

三人がビクゥッと跳ね上がった。この時に、「こら」の「ら」の部分を巻き舌にするのがミソだ。

「す、すみませんでした」

伊吹の恫喝《どうかつ》に、三人で一斉に謝ってきた。

「もういい。行け」

顎で促してやると、「ひ」とも「きゅう」ともつかない音を出しながら、三人団子になって逃げていった。水溜りに足が入り、バシャンと泥が跳ね上がる。それも構わずバシャバシャと水飛沫《みずしぶき》を上げながら走っていく。

転がるようにして去っていく背中を見送り、それから眞田のほうに笑顔を向けた。

「大丈夫でしたか?」

声を掛けると、眞田は今逃げていった三人と同じように、ビクッと身体を跳ね上げた。

「なんだか絡まれていたようなので……」

「あ、いえ、はい。……ありがとうございました」

バネのようになって眞田が腰を折り、礼を言った。

「お手を煩わせてすみません」

「いや、通りがかっただけですから」

ここまでは伊吹の考えた展開通りにいっている。

「……………」

「……本当に……通りがかっただけですから」

ここで引き留められてお茶でも……と、誘われる展開がやってこない。こっちから言ってみようか。いや、助けたんだから茶を奢《おご》れというのはおかしいだろう。それでは伊吹が恐喝したことになってしまう。

「ええと……」

次への展開は一向に訪れず、目の前の眞田の硬い表情も変わらない。むしろ胸にある鞄を心なしかさっきよりも強い力で抱いている。三人に絡まれていた時には余裕の表情を見せていたのに、今は蒼白《そうはく》な顔を強張らせているのだ。

「あの……」

何か会話のきっかけを摑もうと思うのだが、眞田は頑《かたく》なに俯《うつむ》いたまま、伊吹のほうを見ようとはしてくれない。

ここで伊吹は漸《ようや》く自分の犯した失敗に気が付いた。

チンピラ風味を脅し眞田を助けるつもりが、どうやら伊吹は眞田をも怖がらせてしまったようだ。考えてみればそうだった。自然体でいて十分恐ろしい風貌なのに、それを意図的に使えばこうなるのは当たり前だった。

「……ああ……っ！」

なんという愚かな行動に出てしまったのか。眞田にしてみれば伊吹になんか助けられるよりはあのへなちょこな風貌の三人組に財布を渡したほうが余程助かったという心境なのだ。ザッと血が下がる。眞田は頑ななまま動かない。まるで……伊吹がここから去るまで絶対に顔を上げないとでも言うように。

「どうも……………………っ、……すみませんでした……っ！」

勢いよく頭を下げ、脱兎《だっと》のごとく駆け出した。

「え……っ、ちょっと、あのっ……」

背中で眞田が声を出している。早く自分の前から消えてくれと言う声に、分かりましたと心の中で叫び、全速力で走り去る。

なんということを……っ。大失敗だ。どうして自分は眞田の前にしゃしゃり出るなんてことをしてしまったのか。

線路脇を歩きながら妄想していた光景を目の前にし、夢と現実を混同してしまった。眞田の膝の上でこと切れるだけで十分だったのに、何を邪《よこしま》な望みを持ってしまったのか。

二十八年間生きてきて、これほど後悔したことはなかった。生まれてきてすみませんと謝りながら走っていると、目の前に見覚えのある黄色いダウンジャケットが見えてきた。

さっき伊吹に恫喝されて逃げた三人組に追いついたものらしい。足音に気付き振り返った三人は、鬼の形相で走ってくる伊吹を認め、「ひいっ！」と声を上げながら再び走り出した。

上半身を泳がせるようにして逃げる三人をごぼう抜きして前に出た。一気に追い抜き、更に前方を目指す。

息が上がり、心臓が破裂しそうだったが足を止めず、いっそ死なせてくれと思いながらただひたすら走る。

……もう二度と眞田の前に顔を出せない。

取り返しがつかないことをしてしまった。勇気がない、見守るだけと言いながらも、何処かでこうして眞田に会う機会を狙っていたのは確かなのだ。

偶然を装い、恋人同士になるのは夢のまた夢だとしても、会話を交わせる仲になりたいと、彼の姿を追いながら伊吹はいつだって願っていた。その千載一遇の出会いのチャンスが巡ってきたのに、眞田に恐怖を植え付けるという結果に終わってしまった。

強張った眞田の顔が浮かんだ。眼鏡の奥の目が見開かれ、いつも微笑みを絶やさない唇が僅かに震えていた。二度と自分の前に現れるなと、逃げる伊吹の後ろからそんな声が追い掛けてくる。

思い出が走馬灯のように蘇る。膝の上に飛び込んできた時の顔。謝りながら伊吹にしがみついていた細い腕。身体の重み。温かさ……。

眞田さん。……ああ、眞田さん、眞田さん。

息が切れる。目の前が霞んだ。さっきのあれが、人生最後の彼との接触になってしまった。

眞田と二度と会えなくなってしまったという絶望を味わいながら、本気で整形することを考えた伊吹だった。

心臓が限界を迎え、気が付くと全速力がジョギングのようになっていた。滅茶苦茶に走っているうちに、線路脇から外れ、伊吹は大通りの歩道にいた。眞田の前から走り去ってからここまでの記憶がない。

息を乱しながら、ただ目の前の道をひたすら歩く。時々さっきの眞田の怯《おび》えた表情を思い出し、しゃがみこみそうになりながら、それでも足を止めずに大股《おおまた》でズンズン歩を進めた。しばらく行くと、レストランや雑貨店などがある界隈に入った。いつの間にか代官山までやってきたらしい。

日暮れ前の駅前は、伊吹の心情に関係なくのどかに映る。買い物帰りの主婦や、早く仕事を終えたのだろう勤め人が、ゆっくりと闊歩《かっぽ》していた。空が暮れていくのに合わせ、街の灯りが道行く人々を照らすように光を増している。

そんな中、重い足を引きずるように歩きながら、グゥ、と腹が鳴る。

死にそうなほど落ち込んでいるのに腹が減っていた。どうして自分はこうなんだ。己の浅ましさに吠《ほ》えたくなったが、こんなところで吠えたら間違いなく通報されるだろうと思い留《とど》まる。また腹が鳴った。

人間とはなんと悲しい生き物か。打ちひしがれながらも空腹には勝てず、伊吹は駅前にあるうどんのチェーン店に入っていった。

わざわざ代官山までやってきて、何故自分の家の近所にもある店と同じところに入るのか。雑誌で紹介されたパンケーキの店などもあり、少しばかりそそられたが、入る勇気はとても出なかった。伊吹が入ったら確実に営業妨害になるだろう。こんな俺にパンケーキを食べる資格なんかないんだと、店の入口の販売機で、ぶっかけうどんと卵の食券を買った。

受け取った丼《どんぶり》を持って窓際の席に着く。広くもない店内で、客もそこそこ入っていたが、やはり伊吹の周りの席だけ空いていた。

行き交う人々を、うどん屋の窓からぼんやりと見つめる。

スーツを着た男性がすべて眞田に見えた。今頃は渋谷の駅に戻り、電車に乗っているだろうか。怖い思いをさせてしまった。……うどんが目に染みる。

滲んだ視界をまたサラリーマンが横ぎった。凛とした横顔が完全に眞田と重なる。あれが最後になるなら、せめてもう少し顔を眺めればよかった。あんなに間近にいたのに。

そんな後悔をしながら目の前を通り過ぎた男性を目で追っていたら、その人がまた戻ってきた。うどんを啜《すす》っている伊吹の前で止まり、窓越しに覗いてくる。

「え……？」

本物の眞田だった。

思いもよらない人物が自分を見ている。丼を持ったまま驚いている伊吹を見つめ、眞田がこれ以上ないというくらいの満面の笑みを浮かべた。胸に手を当てて息を吐き、またこちらに笑顔を向けてくる。動いた唇が「よかった」と言っているように見えた。

それから眞田は顔を横に向け、店の入口を指した。そっちに行ってもいいか、というような仕草に、慌てて席を立つ。急いで丼をカウンターに返却し、伊吹のほうから店を出た。

店の外に眞田が立っている。何が起こっているのか分からない。

「あとを追い掛けたんですけど、どの道を曲がったのかが分からなくて」

「え……？」

幻聴が聞こえたのかと首を傾げる伊吹に、眞田がまた笑顔を向けてくる。

「……俺を、探していたんです……か？」

茫然としたままそう聞く伊吹に、眞田はまた輝くような笑顔を見せて「そう」と頷《うなず》いた。信じられない。

「凄い勢いで走ってっちゃうものだから。どうしようかと思いました。方向的にこっちかと思って来てみたんですけど、会えてよかった。見える場所にいてくれて助かりました」

「会えて……よかった……？」

更に聞こえる幻聴に、自分がおかしくなってしまったのかと思った。もしかしたら死ぬのかもしれない。だって心臓が苦しい。

バクバクと心臓が音を立てて破裂しそうになっている伊吹の前で、今度は眞田が「すみませんでした！」と、勢いよく頭を下げてきたから仰天した。

「え、ちょ……っ、え？　なんで？」

「せっかく助けていただいたのに、大変失礼な態度を取ってしまいました」

そう言って膝に頭が付きそうなほど身体を折り、謝ってくる眞田を前に、伊吹はオロオロとするばかりだ。

「気分を害されたでしょう」

行き交う人々が、二人を遠巻きにしながら道を行く。

「そんなことはないです」

「いいえ。本当に申し訳ありませんでした」

「あのっ、あの、頭を上げてください。……それを言うために、わざわざ俺を探して……？」

ガバリと頭を上げた眞田が、「はい」と返事をしてもう一度頭を下げる。

「助けていただいたのに碌《ろく》な礼も言わず……」

「いえ、そんなことはないですから。本当に」

礼は確かに言っていた。強張った顔をしながらも眞田が「ありがとう」と言った言葉は覚えている。あわあわしながら必死にそう言うと、眞田がやっと頭を上げてくれた。だが、その表情は申し訳なさそうに眉が下がっている。

「服を汚されましたよね。僕のせいで、本当にすみません」

「え……？」

チンピラもどきが慌てて逃げる際、そういえば水溜りに足を入れ、伊吹のパンツを汚していった。

「弁償します」

「いえ、そんな。平気ですよ。目立たないし。洗えば落ちます」

「でも……」

「本当、大丈夫ですから」

「じゃあ、クリーニング代だけでも支払わせてください」

穿いているパンツの色は黒で、汚れは全く目立たない。クリーニングに出すような衣類でもないし、たとえ汚れが残っても気にならない。泥を撥《は》ね上げたのは自分ですらないのに、眞田が恐縮してそんなことを言ってくる。

「これぐらいなんともないですし」

「でも、それでは僕の気が済みませんから」

律儀な性格で、どうしてもそのままにしておけないのだろう。怖がってしまった自分を恥じているのかもしれない。怖がらせるような登場の仕方をしたのは、伊吹本人なのだが。

「どうか、クリーニング代を受け取ってください」

「いや、ええと……」

恐縮しながら、これは……再びのチャンス到来なのではないかと、また邪な考えが頭を擡《もた》げてきた。今なら言ってもおかしくない。

壊れそうな心臓に手を当て、息を吸う。

「じゃあ……あの、お茶をっ、その辺で奢ってもらうっていうのは……どうでしょう……か」

渾身《こんしん》の勇気を振り絞って申し出た。語尾が震え、最後は消え入るような声になる。

「お茶……ですか？」

眞田の黒々とした目が驚いたように見開かれる。

「ええと、もし……お時間があるようでしたら」

だが、それを聞いた眞田が、困ったように下を向いてしまった。

「……僕、実はまだ仕事の途中で……」

目を伏せた眞田が腕時計を確認している。

「すみません。これから会社に戻らないといけないんですよ」

「あー、……そうです、よね」

「さっき助けていただいた場所も、新規で見つけた営業先に行こうと近道をして、迷ってたところで、あの人たちに会ってしまい……。それで、時間を食ってしまっていて」

神が再び与えたもうた千載一遇のチャンスだと、思い切って誘ってみたのだが、見事に玉砕してしまった。やはりスケベ心なんか出すもんじゃない。

「本当、すみません」

「いえ、いいんです。こっちこそすみません、でした……」

そんなだいそれた幸運が自分に訪れるはずがないじゃないか。こうして話ができただけでもラッキーだったのだ。諦めよう……。

「明日ならどうですか？」

「……へ、ええっ？」

吃驚《びっくり》して声が裏返る。眞田が伊吹の顔を下から覗いてきた。

「夕方、仕事が終わってからになりますが、また会っていただけますか？」

思いがけない提案に啞然《あぜん》としている伊吹の前で、眞田が名刺を取り出す。

「僕、ここに勤めています。眞田といいます」

「どうも。……伊吹、です。俺、名刺とか持っていなくて」

「じゃあ、名刺の裏に携帯の番号を書いておきますね。この番号に電話を掛けてください。登録しますから」

「え……」

「そちらに連絡をしますから。明日、すれ違いにならないように、連絡先を知っておいたほうがいいでしょう？」

手渡された名刺を見つめていると、眞田が不安そうに伊吹の顔を覗いてきた。

「あ、電話番号を知っても、悪用したりなんかしませんから」

「いやっ、そんなことは思っていませんよ」

「怪しい者じゃありませんから。信じてください」

「まさか。もちろん信じます」

慌てて答える伊吹に、眞田は花のような笑顔を浮かべ、「よかった」と言った。

目の前にいる眞田を茫然と見つめる。半年間、陰から見守るだけだった憧《あこが》れの人が、伊吹に名刺を渡し、もう一度会おうと言ってくれているのだ。こんな夢のような出来事があっていいのだろうか。どう考えても信じられない。

「あ、もしかして、明日は都合が悪いとか？　別の日にしましょうか」

伊吹の困惑を誤解したらしく、眞田が予定変更を申し出てくるのに猛然と首を横に振る。

「え、いえ。明日でっ！　大丈夫です」

「ならよかった。じゃあ、何処にしましょうか。伊吹さんはこの辺にお住まいなんですか？」

「いえ」

「そうなんですか。僕は浅草橋に会社があるんですが」

お互いの勤め先と住まいの場所を確かめ、明日は新橋《しんばし》で待ち合わせることになった。テキパキと明日の算段を進めていく眞田に、伊吹はただ黙って従うだけだった。

「では明日、新橋で。お待ちしております」

「ええ。……なんかすみません」

「なんで謝るんですか」

あまりの幸運の連続に申し訳なくなってしまい思わず謝ったら、眞田が叱《しか》るような声を出し、それからまたあの花のような笑顔を伊吹に向けてきた。

「わざわざ足を運んでいただくんですから、僕のほうこそ謝らなければならないのに」

しかも。

「日を改めて会っていただくんですから、お茶と言わず、食事を奢らせてください」

「ええっ、え、いえ、そんな……食事、……っ、ですか……？」

一足飛びの誘いに動転してしまった。そんな……、お茶を一緒にと誘うだけでも伊吹は火渡りをするほどの勇気がいったのに、更に次の段階へ行こうと眞田が誘うのだ。どんな勇者かと思う。

「ご迷惑でなかったら、是非。美味《おい》しい店を探しておきますね。楽しみだな」

満面の笑みを浮かべてそんなことを言ってくる。

「俺も……っ、楽しみにしています」

声が裏返りそうになりながらも懸命に答えると、眞田が花の顔《かんばせ》を見せ、手を振ってくれた。

翌日の火曜日、午後六時。新橋の駅前にあるＳＬ広場に伊吹はいた。

普段滅多に着ないスーツを身に着けているのは、仕事帰りの眞田に合わせたものだ。なるべく極道っぽくならないように、淡いグレーを選んだのだが、インテリやくざに見えないだろうか。ネイビーコートはロング丈で、威圧感が出るのは否めないが、これしか持っていないから仕方がなかった。それでも精一杯のおしゃれをして、新橋の駅前に仁王立ちしていた。

半年前に一目惚れをし、ずっと陰から見守っていた人物と待ち合わせをしているのだ。あまりの急展開に、未だに信じられない思いでいる。いつかこんな日が来るといいと、あれこれ夢想はしていたが、それが現実になるとは夢にも思っていなかった。

代官山で別れ、浅草橋にある職場に戻っていった眞田に、約束通り電話をした。仕事の終わる時間を見計らい、名刺の裏に書かれた番号を押すまでに、小一時間ほども掛かってしまった。電話に出てくれた眞田に「待っていました」と言われ、電話を落としそうになった。元々無口な上に緊張も手伝い、何も言えずに獣のような呻《うめ》き声しか上げられない伊吹に対し、眞田のほうはよくしゃべった。好きな食べ物は何か、どんな店に行きたいか、酒は飲めるのか、苦手な物はないか。

焦ったり詰まったりしながら眞田の質問に一つ一つ答え、じゃあ探しておきますねと、明るく言われ、電話を握りしめながらお辞儀をした。暫《しばら》くすると、今度はＳＭＳでメッセージが届き、仰天した。店の候補をいくつか選んだのだといい、その店のリンク先が貼ってあった。何処がいいかと相談し、二人で店を決めた。まるでデートのようではないか。

早起きをして服を決め、風呂に入り、丁寧に髭《ひげ》をあたり、後はひたすら時間が経つのを待った。途中、編集の佐田から電話が入り、次の作品に向けての参考資料について言ってきたが、気もそぞろに返事をし、早々に電話を切った。今日はとにかくそれどころではない。

酒を飲むというから、車は使わず電車で来た。眞田と酒を飲む日がくるなんてと思いながら、新橋のＳＬ広場にやってきたのだった。

約束よりも大分早い時刻に到着していた。仁王立ちする伊吹の周りにはやはり人がおらず、見晴らしがいい。これなら眞田をいち早く見つけることができると、駅の改札を瞬《まばた》きもせずに睨んでいる伊吹だった。

緊張したまま約束の六時になり、六時五分になった。眞田はまだやってこない。微動だにせずそこに立ったまま、六時十分になった時に、突然絶望した。

……来るのが嫌になったのかもしれない。

詫《わ》びの席にと伊吹を招待したものの、こんなやくざみたいな男と飯なんか食いたくないと思ったに違いない。約束なんかしなければよかったと、今頃後悔していることだろう。だけど電話番号を教えちゃったし、どうしようと悩んでいるのだ。あの場でクリーニング代を受け取ってもらえば、こんな面倒なことに巻き込まれずに済んだのにと、会社の人に相談をし、行くのを止められているのかもしれない。食事なんか奢ったら、次には金を要求してくるぞ、なんで番号なんか教えたんだ。同僚にそう言われて、今頃慌てて携帯番号変更の手続きをしているのだ、きっと。

ああやはり、スケベ心なんか出すんじゃあなかったと、後悔の嵐に巻き込まれる。自分のような人間は、眞田の前に現れてはいけなかったのだ。

新橋の駅からは大量の人が次々と吐き出されてくる。何百人いようとも、眞田は輝いているのですぐに見つけることができるのだが、目を凝らしてもその中に眞田の姿はやはりない。来ない人を待って駅前の広場に佇《たたず》む。絶望に打ちひしがれながら、だけどこの場を去ることができなかった。もう少し、あと十分だけと、儚《はかな》い希望を持ちつつ立ちすくんでいると、尻ポケットの携帯が震えた。

慌てるあまりに携帯を取り落としそうになりながら、液晶画面を確かめる。

……担当の佐田からだった。

『あ、イブキ先生、お世話になっております！』

伊吹の心情にそぐわない、無駄に元気な声が聞こえた。応答をしながら、その場を離れた。人の集まる場所で、『若頭』だの『記憶喪失』だの『濡れ場』だのの話を聞かれたくない。

『あ、今外ですか？　珍しいですね』

「ああ、はい」

『じゃあ、手短に用件だけ』

SL広場を抜け、大通りの歩道に出た。移動する間も電話の向こうでは、佐田が機関銃のようにしゃべっている。

『温泉地なんですけどね、候補をいくつか挙げたんで。取りあえず電車で二時間圏内の辺りで。あまり有名なところより、鄙《ひな》びた感じのほうがいいと思うんですよ』

「そうですか」

『こう、隠れ家的な。各地を転々と逃げ回るのに、あんまり有名な場所だとほら、面白みがないじゃないですか。ロケーション的にも知られていないほうが効果的でしょう？　お、こんなところがあったのか、って思うような、ね』

「ああ、そうかもしれないですね」

『そういうところを選べば町興し的なものにも貢献できると思うんですよ。ロケ地として歓迎されたり。映画化された時のことを考えると！』

「いや、まだ映画化されるって決まったわけじゃないし、書いてもいないのに……」

『いいんですよ！　それくらいの意気込みでいきましょう』

「はあ……」

相変わらず押せ押せで言ってくる佐田に、曖昧《あいまい》な相槌《あいづち》を打ちながら歩いていて、ふと道の向こうに見覚えのあるスーツ姿を発見した。

「え……？」

道の先に眞田がいる。駅の方向を気にしながら、誰かと話していた。知り合いかと思ったが、どうやらそうでもないらしい。一生懸命立ち去ろうとするのを、何度も引き留められ、話し掛けられ、その度に困惑したまま対応している。ナンパか勧誘の類《たぐい》にでも捕まっているらしかった。

『先生、どうしたんですか？』

電話の向こうから佐田の声がして我に返り、慌てて返事をする。

「あ、いえ」

『で、候補を挙げておきましたから、選んでいただいて。資料を送りますから。……先生？聞いてます？』

「佐田さん、すみません。今ちょっと人と待ち合わせ中で。来たみたいなので、あとでまた連絡します」

そう言って相手の声を待たずに電話を切り、真っ直《まっす》ぐに眞田の元へ向かった。

「……本当、すみません、急いでいるので」

「お時間を取らせませんから、もうちょっと。ほんの数分ですから」

やり取りが聞こえるところまでやってきて、無言で眞田の背後に立つと、馴《な》れ馴《な》れしく眞田を勧誘していた男が、ギョッとしたように固まった。

「あ、伊吹さん。すみません。お待たせしてしまって」

「いえ……」

謝る眞田にそれだけ言って、前に立つ男性に視線を向ける。

「アンケートに答えてくれって言われて。市場調査なんだそうです。こちら鈴木《すずき》さん」

眞田がその男をまるで友人のように伊吹に紹介してくる。

「ね、だから急いでいるって言ったでしょう?」

「あ、いや、どうも」

紹介された鈴木がしどろもどろになった。

「足止めしてしまってすみませんでした。……じゃあ」

「そうなんですよ。一言二言の質問だっていうから、それぐらいならまあ……って思ったのに終わらなくて。全然一言じゃないじゃないですか。で、あと何項目あるんですか?」

伊吹の登場により、早くここから立ち去りたい鈴木だが、今度は眞田が話し掛けてくるものだから、逃げることもできずに伊吹に睨まれ続ける羽目になる。

「あ、いえ。もう大丈夫です。ご協力ありがとうございました」

勧誘の男がようやく去り、眞田が苦笑しながら伊吹を見上げた。

「早めに着いたんで、先に店の場所を確認しておこうと思ったんですが、ここで捕まってしまい、却って遅くなってしまいました。待ちましたよね、本当、すみません」

「いえ、大丈夫です」

約束の場所に来ようとしてくれただけで十分なのに、先に着いて場所を確認しようとしたなどと言われれば、あと五時間ぐらいは平気で待てると思った。

「どうも声を掛けられやすい質《たち》みたいで。困ったものです」

そうだろうなあと、黙って頷きながら、行きましょうかと前を行く眞田のあとについて、伊吹もゆっくりと歩き出した。


昨夜二人で相談して決めたイタリアンレストランへ入っていく。名前を告げ、案内された席は、奥まった場所の半個室だった。オフホワイトの漆喰《しっくい》の壁に囲まれた、蠟燭《ろうそく》が灯っているテーブルに向かい合わせに座る。

「……なんだか、恥ずかしいですね」

ワインを注文し、ウエイターが席を離れると、眞田が身を乗り出すようにしながら小声で言った。

「えっ？」

自分といるのが恥ずかしかったのかとショックを受けている伊吹の前で、眞田がふふ、と含み笑いをしている。

「だって、デートみたいじゃないです？」

「……っ、え……」

「周り、みんなカップルですよ。しかもここ、特等席っぽいじゃないですか」

「そうです、ね……」

「店に入った時、皆さん、伊吹さんのことを目で追っていましたよ。伊吹さん目立つから」

邪気のない笑顔でそう言われ、申し訳ない！　と大きな身体をなるべく小さくする。

「こんな恰好いい人の連れは誰だって思ったら、隣にいるのが僕でしょう？　なんだか悪いなあって。恥ずかしかったです」

「そんな、……っ」

「でも、ちょっと誇らしかったりして。僕まで気分よくなってしまいました。恰好いい人といると得ですね」

そう言ってまたうふふ、と笑う眞田に、返す言葉がない。

眞田の一言一言に翻弄《ほんろう》されているうちに、ワインが運ばれてきた。軽くグラスを合わせ、食事が始まる。

「改めて。昨日はありがとうございました。それからすみませんでした」

律儀に頭を下げてくる眞田に、「平気ですから」と、何度繰り返したか分からない言葉を伊吹も返す。

「さっきもアンケートに捕まって、待ち合わせの時間に遅れてしまい」

「よくあるんですか？　ああいう……？」

「恥ずかしながら。どうにも、絡まれやすいんですよね」

照れ臭そうにそう言う眞田に無言で相槌を打つ。道を尋ねられやすいとか、キャッチに捕まりやすいとか、そういう人が世の中にはいるもので、眞田はその部類に入るようだ。

その上眞田は、絡まれた上に自分から突っ込んでいく傾向がある。さっきの勧誘にしても、たったあれだけのやり取りで、どうして名前まで知り得る仲になれるのか。そして今現在、こうして伊吹と食事をしていることが、眞田の巻き込まれ体質を証明しているようなものだ。

「昨日のあれも、道を聞こうとして近づいたら、なんだか面白い恰好をしていたので、思わずじっと見ちゃったんですよ。そしたら『おうおう』言い始めて困っていたんです。本当、伊吹さんが声を掛けてくれて助かった」

にこやかに礼を言ってくるが、なんとなく眞田は昨日伊吹が助けに入らなくても、意外と上手く切り抜けたのではないかという感じもした。人につけこまれやすく、少々危なっかしいところもある眞田だが、不思議な安定感もあるのだ。

「こちらこそ。図々しくお誘いに乗ってしまい、却って申し訳ないことをしました。俺がクリーニング代の代わりにお茶を、なんて言ったせいで、眞田さんに余計な負担を掛けてしまって。こんな素敵な店に連れてきてもらい、俺のほうこそありがとうございます」

恐縮しながら話す伊吹の顔を、眞田がポカンとして眺めている。

「あの……、何か？」

「え、いえ。なんか、そんなに長い文章でしゃべっているのを初めて見たものですから」

すみません、と眞田はにこやかに謝り、それからふふ、と声を出して笑った。

そういえば、昨日眞田に追い掛けてこられてから、伊吹は文章になったセリフをほとんどしゃべっていなかった。口から出るのは驚きの声か、あとは呻き声のような音しか発していない。

「俺、しゃべりが下手で……」

小説なんか書いているくせに、伊吹は本当にしゃべるのが苦手だ。文字はあとで修正がいくらでもきくが、口から出てしまったことは取り消せないと思うと、どうしても慎重になる。

「そんなことはないです。こんなにきちんとした言葉遣いができるんだなあって……あ、ごめんなさい」

「や、大丈夫です」

「ほら、昨日はだいぶこう……迫力のある言葉を使ってらしたので」

そういえば、眞田に絡んだチンピラ風味に向かって、かなり乱暴な言葉遣いをしたんだったと思い出した。

「でもそうですよね。ご職業柄、言葉遣いとか礼儀とか、伊吹さんのところは僕らより厳しそうな世界ですもんね。……いろいろと大変なんでしょうね」

「……え？」

聞き返す伊吹に、眞田は慌てた様子で手を振った。

「いえ。興味本位のつもりはなかったんですが。でも、気を悪くされたならごめんなさい。素人が口出しすることじゃないですよね」

口を開こうとする伊吹を、「いいんです、いいんです」と遮って、ワインを飲んだ。

「これ美味しいですね。伊吹さん、遠慮せずにどうぞ」

「あ、はい。いただきます」

どうやら眞田は伊吹の職業を誤解しているらしい。……というか、昨日のあれを見れば、誰だってそう思うだろう。眞田を救うために極道の振りをして登場し、眞田はそれを信じたままここにいるのだ。

考えてみれば、伊吹は自分の説明を何もしていなかった。今日のこの席に至るまでの急展開に心を奪われ、誤解させていたことすら忘れていた。

「あの、眞田さん」

「はい。なんです？」

「俺……、実は……」

ここは誤解を解かなければと言葉を探す。実はやくざなんかじゃなくて、昨日のあれは、……なんて説明すればいいんだろう。

「ええと……」

「いいんですよ。言いにくいことは無理に説明されなくても」

「あ、いえ」

「伊吹さんご自身が誠実な方だというのは、分かっていますから」

「いえ、そんなことは……」

「大丈夫です。それより食べませんか？」

「あう、……はい」

今ほど自分の口下手を恨んだことがない。言葉を選び、逡巡《しゅんじゅん》しているうちに、眞田がいいほうに解釈し、勝手に納得している。しかし、誠実な方などと言われてしまっては、職業を偽っているとは言えなくなってきた。とにかく眞田のしゃべりは淀《よど》みなく、伊吹の一瞬の息の詰まりの合間に、間髪容れずに言葉を挟んでくるのだ。

「このアンティパスト、美味しいですね。彩《いろど》りも綺麗だ。牡蠣《かき》が好きなんですよ。嬉しい」

にこやかに食事を勧めてくる眞田に頷きながら、前菜を口に運んだ。牡蠣が好きなんだなと、心のメモ帳にインプットしながら。

「この茶色のソースはなんだろう？　チョコ？」

「……バルサミコだと思いますけど」

「あ、そっか。ですよね、デザートみたいに綺麗だから。凄く美味しいです」

「そうですね」

急いで説明しようとしても気持ちだけが焦り、上手く話せない。眞田の淀みないおしゃべりに相槌を打ちながら、ゆっくり立て直していく作戦に切り替えることにする。

「伊吹さんはおいくつなんですか？　これくらいは聞いても構いませんよね？」

「あ、何でも聞いてくれて構いませんよ」

自分から話題を振ることができない伊吹は、眞田にどんどん質問されるほうが有難い。

「二十八です」

伊吹の年齢を聞いた眞田が、驚いたように目を見開いた。

「え、僕より随分下なんですね。僕は、三十三なんですよ」

少しばかり恥ずかしそうに眞田が自分の年を言ってきた。

「あー……」

知っています、とも言えず、「とても……若く見えます」と、答えた。

「えー、そうですか？」

いつか血液年齢を言われた時と同じような、華やいだ声で眞田が笑い、うんうん、と伊吹は力強く頷く。

「二十代の前半かと思いました」

「まさか。いくらなんでもそんなわけはないでしょう」

すかさず突っ込まれ、言い過ぎたと反省する。

「もう、お上手だなあ、伊吹さんは。でも、僕も吃驚しました。伊吹さん、落ち着いてらっしゃるから、僕と同じぐらいなのかと思っていました」

お互いの年齢から、少しずつ会話が進んでいった。年齢や営業しているエリアなど、聞くまでもなく知っている情報もあったが、出身地の話や仕事の具体的な内容など、新しい情報もたくさん知り得た。何より眞田本人から教えてもらえるという事実に胸が弾む。

そして眞田が存外におしゃべりで、伊吹が想像していたよりも、ずっと陽気な人だということも発見した。

「あの、僕ばかりがしゃべっていますが、退屈じゃないですか？」

自分が勤めている会社の商品説明を熱心に語っていた眞田が、ハッとしたように聞いてきた。

「玩具の説明聞いても面白くないですよね。すみません、熱く語ってしまって」

「全然。楽しいです」

眞田の声を聞いているのは、お世辞でなく楽しい。

「話が上手いから。退屈しませんよ」

「そう？　ならいいですけど」

ワインのせいか、ほんのりと頬を染めた眞田がホッとしたように微笑んだ。

「本当です。眞田さんは、こう……なんていうか、楽しむのが上手ですね」

「上手？」

ワインを選ぶ時も、料理が運ばれてきた時も、眞田は楽しげに声を上げ、感想を言い、ウエイターの話を聞く。

今日会うことを約束し、この店を選ぶ時もそうだった。メッセージに店のリンク先を貼り、何処にしましょうかと送ってきた。どうせ会うならお茶ではなく、食事にしないかと言ってきた時も同じだ。眞田は自分の周りに起こる出来事をすべてイベントに変換し、全力で楽しもうとする。

「上手く言えないんですが、面白いものを見つけるのが上手いというか、見ているこっちも楽しくなるというか」

斜に構えたところがなく、何にでも真っ直ぐに目を凝らす。そして些細《ささい》な何かを見つけては、ほら、やっぱりこんなに面白いものがあったと、こちらにもそれを見せてくれるのだ。

「なんかすみません。全然説明になってなくて。でもほら、仕事のことなんかも、本当に楽しそうに話すから」

眞田の話を聞いていると、仕事で営業をしているというよりも、自分の好きな物を店の人に薦めているといった感じで、見ていて微笑ましい気持ちになる。

「羨《うらや》ましいですよ。俺はそういうのは全然……ないから」

そういう眞田だから、人が寄ってくるのだろう。歩けば道が割れ、座ればドーナツ現象が起こる自分には、絶対にできない芸当だ。

「仕事で何かつらいことでもあるんですか？」

「ええと、なんというか、これでいいのかなって、……思う部分もあって」

眞田の醸し出す空気にいつしか緊張がほぐれ、そんな愚痴めいた言葉が素直に口を衝いた。

「悩みとか？」

「悩み……そうですね。進む道っていうか、今まで流されるままここまで来たんですが、今になって引き返したいっていう気持ちもあって」

「辞《や》めたい？」

「いえ。それはない、かな。自分で選んだ道だし、きっかけは安易な感じだったんですけど」

気軽な気持ちで応募した小説賞だった。賞を獲れたことは嬉しく、書くことは今でももちろん好きだ。

「それしか取り柄がないし。周りにも育ててもらって、感謝してるし、義理もあるから」

だけどやはり、別のジャンルを模索したい気持ちは強い。

「それならいっそ、こう……別人になれたらいいとも思うんですけど、結局そこまでする覚悟も持てない」

　書きたい題材があり、どうしてもそれをやりたいのなら、ペンネームを変えて、まったくの新人としてやり直す手もある。だが、今の「イブキリュウ」の名前なしに出したとして、果たして読んでくれる人はいるのかという不安もある。

「すみません。曖昧な言い方しかできなくて。こんな説明じゃ分からないですよね」

　はっきりと芯を持たないまま、輪郭だけを曖昧に説明している。眞田の勘違いを訂正もせずに、誤解させたまま話を進め、今、突然、実は俺は小説家で……なんて言い出すのは、満を持した後出しじゃんけんのような厭《いや》らしさを感じてしまい、言えなくなってしまったのだ。

「いえ。ちゃんと分かりますよ」

　伊吹のそんな言い訳に、眞田は相変わらず柔らかい笑顔を作り、そう言ってくれた。

　楽しい時間は刻々と過ぎ、食事はいつしかデザートに移っていた。シャーベットに色とりどりのフルーツを鏤《ちりば》め、ソースが掛けられた大きな皿が運ばれてくる。

　可愛らしいプレートを見て、眞田がまた声を上げた。男二人では恥ずかしいような華やかなデザートも、眞田と一緒だと不思議に気後れもしない。

　嬉しそうに季節の果物を口に運んでいる眞田を眺めながら、本当にデートのようだと、口元を緩め、伊吹もデザートを頬張った。

　シャーベットは甘酸っぱく、噛《か》み締める間もなく口の中で溶け、柔らかな余韻を残しながら、消えていった。

夢のような時間が終わり、二人で店を出た。冬の風は冷たく、だけどワインで火照った身体には心地好い。

「背が高いですねえ」

隣を歩く眞田が突然止まり、背伸びをしながら伊吹の額の上に手を翳《かざ》してきた。道の真ん中で背比べをしている二人を道行く人が眺め、通り過ぎていく。

奇異な光景を遠巻きに見られるのはいつもと一緒だが、すれ違っていく人の顔には笑顔が浮かんでいた。この人といると、伊吹を見る人の目までが和むのかと、無邪気な顔でこちらを見上げている眞田を、伊吹も見つめ返した。

「あの、すみません」

背後から声を掛けられ、振り返った。ジーンズにハーフコートを着た見知らぬ男性が立っている。

「『若頭』のイブキさんですよね?」

「あ。えと、いえ……」

いきなり正体をバラされて慌てふためいていると、眞田がスッと離れていった。邪魔をしないようにと気遣ったのか、少し離れた場所で携帯を取り出し、画面を眺めている。

「俺、すげえファンで。写真と同じですね。恰好いい」

「あ、いえ。……どうも」

最新刊を読みましたという声を隠すように、男性の前に立ちふさがり、礼を言った。

「なんかあれで終わりっぽい感じでしたけど、次、ありますよね？　……死んでないですよね……？」

「ええ、と……、そうですね。はい」

伊吹の答えに、男性の顔がパッと輝いた。滝壺に落ちても死なないと信じている人がここにもいた。

「よかった！　それだけがすげえ気になってて。次はいつ出るんですか？　日本に帰ってくるんですよね。あのほら、組長との決着も着いてないし」

「あー、今その辺を検討中で……」

言葉を濁す伊吹に、男性はハッとしたように口を噤《つぐ》み、小声で「すみません。そういうのって内緒ですよね」と言ってきた。

「大丈夫です。ツイッターで拡散したりしませんから。それだけが知りたかったんです。俺、ほんとファンで。とにかく若頭があれで終わりじゃなくてよかったです。次の活躍も楽しみにしてますから」

「はあ、頑張ります」

直角に頭を下げ、元気に去っていく男性を見送った。

「お待たせしてすみませんでした」

謝りながら眞田のいる場所に近づいていくと、眞田は「いいえ」と、持っていた携帯をポケットにしまった。また二人並んで駅へと歩いていく。

今の出来事をどう説明しようかと考えている伊吹の横で、眞田は上機嫌のまま店の料理のことや、明日の天気の話をしていた。眞田のほうから聞いてくることはない。今の人は実は俺の小説のファンで……、なんて言うのも恥ずかしく、本当のことを話すきっかけを完全に失ったまま、駅に着いてしまった。

改札の前で向かい合う。使う電車が違うので、ここでお別れだ。

「眞田さん、あの、……俺、っ……」

眞田に伝えていないことがある。本当はやくざじゃありません。実はあなたのことは前から知っていて、よかったらまた次も会いたい……。

言葉が頭の中でグルグルと回り、だけど口から出てこない。

また会いたいなんて言うのはおこがましい行為なのではないか。眞田はただ昨日の礼として、伊吹と会ってくれただけなのだ。

「……今日は、本当にどうもありがとうございました」

結局肝心なことは何も言えず、そう挨拶するのが精一杯の伊吹に、黙ってこちらを見上げていた眞田は、「こちらこそ」と笑顔を返してきた。

こうして話し、食事ができたことだけでも奇跡なのだ。欲張ってはいけないと、自分を叱《しっ》咤《た》する。欲をかくと碌なことがない。

「気を付けて」

改札を抜けていく眞田を見送った。本当に今日は楽しかった。時間を置き、冷静になってから礼のメールを送ろう。文字を打つほうが楽だ。そこで自分の本当の職業のことを話し、さり気なく今度はこちらからお礼に誘ったらどうだろうか。眞田の会社の話を聞いたから、商品を買いましたよ、なんて伝えたら喜ぶかもしれない。親戚の子どものプレゼント用に選んでほしいとか。これはいい作戦だ。

本人が目の前からいなくなったとたんに饒舌《じょうぜつ》になる。

眞田の姿が見えなくなり、自分も帰ろうと歩き出した。ポケットから携帯を取り出し、電源を入れると、佐田からのメールが届いた。駅前で眞田の姿を見つけ、一方的に通話を切ったまま、携帯の電源を落としていたのだ。

佐田にも悪いことをしてしまった。打ち合わせの最中に、あんな電話の切り方をしたことはない。まだ編集部にいるとは思ったが、一応佐田の携帯に用事が終わった旨を伝えるメッセージを送る。すぐに伊吹の携帯が震えた。

『あ、イブキ先生。すみません、わざわざ連絡をいただいて。それで、さっきの温泉地の資料の件なんですが』

無礼を謝る前に、佐田がいきなり話の続きを始めた。彼には到底敵《かな》う気がしないが、こういうところが楽でもある。

「ああ。佐田さんが言っていた感じで考えてみます。資料を送ってください」

『お、なんだかやる気になったみたいですね』

話の展開はまだ何も考えていないが、気持ちだけは前向きになっていた。ついさっき声を掛けてくれたファンだという男性の言葉が耳に残っている。

「まだちょっと迷ってるところがあって、しっかり固まってはいませんが、上手く繋がるように考えてみます」

毎回苦し紛れに出しているシリーズだが、それでも次を楽しみに待っていると言ってくれるファンがいる。

『そうですか。期待しています。マドンナとの濡れ場、ね！』

「それが一番の難関ですよ」

『またまた』

電話の向こうで佐田が笑った。

『じゃあ、次の若頭の活躍、期待していますよ。本当、人気があるんですから。簡単にはやめられると思わないでくださいね』

どうにかして終わらせようとしていた伊吹の目論見《もくろみ》に、佐田が明るく元気よく釘を刺す。

「……そうですね。終わらせるなら、きちんとした形で終わらせます。何処かで生きているかも、なんて期待をさせないように」

『いやいやいや。余韻は残しましょうよ』

何処までも引き伸ばしたい佐田の声に、伊吹も笑って「終わりは自分で決めます」と、幾分きっぱりと言ってやった。

強気でこんなことを言う伊吹は珍しい。電話の向こうで佐田も驚いているようだ。

「や、続けるにしろ、終わらせるにしろ、中途半端なことはしたくないっていう意味ですから」

そしてすぐにそんなフォローを入れてしまうのはいつものことなのだが。

それでも納得しないままダラダラ続けるのは、待ってくれる読者にも、佐田にも申し訳ないと思ったのだ。書くなら納得のいくものを、できれば自分も楽しんで書きたい。

それはたぶん、ほんの数時間でも一緒に過ごした眞田の影響だろう。あんな風に誰とでも、何に対しても前向きに取り組めたほうが楽しいじゃないかと思った。

「それじゃあ、例の件、よろしくお願いします」

電話を切り、一歩踏み出したところでいきなり後ろから腕を摑まれ、ギョッとした。

振り返ると眞田が立っていた。

「……どうしたんですか？」

今頃はとっくに電車に乗っていると思っていた眞田が、何故か必死の形相で伊吹の腕を掴んでいるのだ。

「伊吹さん……」

表情と同じく、出す声も切羽詰まっている。

「僕の家に来ませんか？」

「………………っえ？」

掴んだ腕は離れずに、眞田の形相も変わらない。驚きの声を出す伊吹を見上げ、眞田がもう一度強く、伊吹の腕を握った。


わけの分からないまま眞田の部屋にいる。

どうか家に、遠慮しないでと、何故か必死にお願いされる形で、連れてこられるままついてきてしまったのだ。

クリニックで眞田を見初めて以来、何度かあとをつけたことがあるので、住まいの場所は知っていたが、中に入るのはもちろん初めてだ。

五階建ての三階にある２ＤＫの部屋は、住人に似て暖かく、少しばかり雑多だった。その部屋のリビングで、伊吹はソファにかしこまったまま座っていた。眞田はキッチンでコーヒーを淹《い》れている。

伊吹が通されたリビングには、ダイニングセットとテレビにソファがある。テレビ台を兼ねたキャビネットの上には、眞田の会社の商品である玩具とぬいぐるみが並んでいた。その横に大きなコルクボードが立て掛けてあり、たくさんの写真がピンで留めてある。キャンプやスキーなど、様々な場所で眞田が笑顔で写っていた。

コーヒーを運んできた眞田が、ダイニングテーブルにそれを置き、伊吹もソファから立ち上がった。二人掛けのテーブルに向かい合って座る。「どうぞ」と言われて頭を下げながら、マグカップを手に包んだ。

「急に家に来いなんて言って、吃驚されたでしょう」

照れ臭そうに言う眞田に「はい」も「いいえ」も言えず、無理やり出した声は、「はうぉ」という呻き声になる。困惑はあるが、眞田に部屋に誘われ、断るという選択肢は伊吹の中にない。

「別れたあと、どうしても気になっちゃって、引き返したんですよ。あの時伊吹さん、何か言いたそうだったし。もしかしたら帰りたくなかったんじゃないかな、って思って」

「それは、あの……」

また会いたいとか、本当のことを言おうかとか、そういうのをどう切り出そうかと迷い、結局言えずにいたものなのだが。

「家に帰れない理由があるんじゃないですか？」

「え？」

惚《ほう》けた声を出した伊吹に、眞田は真剣な目を向けてくる。

「駅で引き返したら、伊吹さんが電話で話していて。会話を聞くつもりはなかったんですが、声が耳に入ってしまい……。電話で何か、重大な決断っぽいことを、話されてましたよね。『中途半端はしない』とか、なんとか」

「ああ。ええ。仕事のことで、ちょっと……」

「伊吹さん」

マグカップをテーブルに置いた眞田が、固い声で伊吹を呼んだ。

「はい」

「もしかしたら伊吹さん、あの世界から足を洗いたいんじゃないでしょうか」

「……え？」

「レストランで言っていたじゃないですか。『人生をやり直したい』って。それで、周りの人に引き留められているとか。……ああいう世界から抜けるのって、凄く大変なんでしょう？」

「あ、いいえ、あの……」

「誰かに見張られてるとか。道でも声を掛けられていたし、家に帰っても、待ち伏せされていたり、そうなんでしょう?」

「あ、いや、別に……」

佐田との会話で確かに中途半端にはしないとか、自分の手で終わらせるとか、そんなようなことを言った。聞きようによっては、十分誤解を受ける言葉だ。レストランで、やり直しがしたいようなことも口にした。ファンが声を掛けてきた時、「若頭のイブキさん」と呼ばれて振り返った。あれが決定打になったのか。

だけどそれがまさか、極道から足を洗いたいという解釈にまでいっていたとは、予想外の展開だ。

「眞田さん……俺、は……」

こめかみから汗が流れる。眞田の部屋に招かれて浮かれている場合ではない。これは、早く誤解を解かなくては。

「伊吹さん、しばらくの間、この部屋で僕と一緒に暮らしませんか?」

「…………えっ?」

本当のことを言おうと口を開き掛けたところにとんでもないカウンターパンチをもらい、開いた口が「え」の形のまま止まった。茫然と見つめる伊吹の視線を瞬きもせずに受け止め、眞田がゆっくりと頷いた。

「差し出がましいことを言っているのは分かっています。僕は素人だし、そんな甘っちょろい世界じゃないんだって言いたいんでしょうけど」

「え、いえ」

「僕はほら、まるっきりの一般人だし、知り合ったのはつい昨日のことだから、まだマークはされていないと思うんですよ。ここにいたら安全じゃないですか？」

「眞田さん、あの」

「僕なら全然構いませんし、本当、遠慮とかしないでください。昨日助けてもらったのも何かの縁だし。帰りたくなくて、行く場所がないんなら、ここにいたらいいと思います」

「あの、でも……ええと、眞田さん……」

「あ、しゃべりたくないことは、無理にしゃべらなくてもいいですよ。ほら、誰にでもそういうのってあると思うので。ただ、僕が僕のできることで、伊吹さんを助けられたらとか、頼ってくれたらいいなあ、とか、そういうおこがましい感じで無理やり連れてきたんですから。本当、伊吹さんが迷惑じゃなかったら、是非」

「いえ、迷惑だなんて……そんなことは」

「ならよかった」

ニッコリと笑い、眞田がカップを手にした。

「コーヒー、冷めちゃいますよ。どうぞ召し上がってください。最近コーヒーに凝っていて、これ、マイブームなんです。口に合うといいんですが」

「あ、はい。……美味しいです」

よかったと、目の前で微笑んでいる眞田の顔を盗み見る。

これは……、大変な事態に陥ってしまった。早く誤解を解かなくてはと思いながら、別の思惑が頭を擡げてくる。

この人と一緒に暮らせる。それは途轍《とてつ》もなく魅力的な誘惑だった。

こんなシチュエーションは妄想の中でも考えたことはない。窮地を救い、彼の腕の中で死ぬことは考えても、同じ部屋で一緒に生活をする二人の姿など、想像すらしなかったことだ。

こんな幸運が自分の身に訪れてもいいいんだろうか。いや駄目だろう。

でもどうしよう。

突然降って湧いた、あまりにも魅力的な申し出に、答えが分かっているのに即決できない。

悩んでいる伊吹の前で、眞田がおもむろにテレビを点けた。無音だった部屋に音が流れてきて、気詰まりが緩む。話せないでいる伊吹のために、テレビを点けてくれたのだろう。何処までも気遣いの上手い人だと思う。

「何か面白いのやってますかね」

気軽な声でそう言いながら、眞田がリモコンを操作した。ニュースやバラエティ番組の画面がパ、パ、と切り替わり、やがて何かのドラマで止まった。

「あ、これ。今再放送やってるんだ……。伊吹さん、知ってます？」

知ってるも何も、それは伊吹が原作を書いた『振り向けば若頭』のドラマ版だった。

シリーズ1から若頭の役をやっている男優が、大写しで流し目を送っていた。新人の頃この役に抜擢《ばってき》された彼は、今や注目度ナンバーワンの人気俳優になっている。

「あ、これ……」

思い切って言ってみようか。実はこれの原作を書いたのは自分なんですよと。言うなら今だ。そう決心し、息を吸い――

「チャンネル替えてもいいですか？　僕これ、好きじゃないんですよ」

――大量に吸った息をそのまま吐いた。

「好きじゃ……ないですか？」

「ええ。なんかもう、全然リアリティないっていうか。ここまで適当な設定でやられると、萎《な》えるというか怒りが湧《わ》くレベルです。こんなわけないだろ！　って思っちゃって。第一回目を観たきり観るのをやめちゃいました。どうしてこんなのが人気が出るんだろう。伊吹さんもそう思いません？　ほら、本職なわけだし」

「あ、いや。俺はそこまでは。まあ……娯楽だと思えば、案外楽しめるかな、なんて」

「あー、そういうもんですかね。僕は融通が利かないのかな。何が一番引っ掛かるかって、……伊吹さんには悪いんですが……」

「え、いいえ。どうぞ言ってください。意見が聞きたいです」

言いにくそうにしているのを、敢《あ》えて促した。ドラマで多少脚色がされているとはいえ、元は自分の作品だ。

「伊吹さんの職業、っていうか、やくざを美化し過ぎているのが」

「あ、そっちか」

「え？」

「いえ、そうですね。本物の極道はこんなじゃないですからね」

「でしょう？　逆転の勧善懲悪になっているのがね。こういう人がヒーローになって、悪を倒し、人を救うっていうのが嘘くさいと思うんです」

シリーズの第一弾となった『振り向けば若頭』は、当初はもう少しダークな話から始まっていた。それで主人公の若頭の人気に火が付き、ヒーロー的な要素を盛り込んでいくうちに、今眞田が言ったような流れが出来上がったのだ。ドラマ用に脚色されたこれなどは、完全に若頭が正義のヒーローだ。

初めて放映された時、そういえば伊吹の父親も似たようなことを言って怒っていた。「極道は極道だろうが。世間のゴミはゴミなりの書き方をちゃんとしろ」と怒鳴りつけられたものだ。

「確かに、俺もそう思います」

「でも、そうですよね。娯楽は娯楽と割り切って楽しめばいいのか。一回だけ観て全部を語るのは違うかもしれないですね」

「でも、それこそ娯楽なんですから、嫌いなものを無理して観ることもないんじゃないですか？　楽しめなければそれはそれで。個人の自由なんですから」

「この男優さんは嫌いじゃないんです。ファンタジーだと思えば案外面白いのかも」

眞田が今述べたような感想は、よく伊吹の耳にも入ってくるものだったし、そこは非難も覚悟して書いたのだから、傷付くこともない。

だけど、楽しむことが上手な眞田が、伊吹の作品の中にそれを見つけ、少しでも好きになってくれたのなら、それはとても嬉しいことだと思った。

「……子どもの頃、僕はこういう人たちに怖い目に遭わされたことがあるんですよ。だからなんだと思います」

テレビに映る『若頭』を見つめながら、眞田が言った。

「そうなんですか」

「父が――うちは普通のサラリーマンなんですけど、父の友人がそういうところでお金を借りていて、その人が逃げちゃって。父が保証人だったもので、家に借金取りが来たんです」

自営業をやっていた父の友人が、支払いの期日に半月ほど間に合わず、銀行とは違う金融業者から金を借りた。ほんの半月だから金利もそれほど高くつかないし、確実に返せるあてはある。そうしないと店が潰《つぶ》れてしまうのだと泣きつかれ、信用して名前を貸した。だが、半月経ってあてにしていた金は入らず、友人が姿を消してしまったのだそうだ。

「結局、しばらくしてその友だちがお金を別で作って戻ってきて、借金はその人がちゃんと返したんですけど。夜中でも早朝でも家までやってきて、怒鳴り散らすし、……凄く怖かったです」

「それは……大変でしたね」

昨日、三人のチンピラもどきに絡まれていた時、眞田は困ってはいたが、怯えというものは見えなかった。それは本物に脅されたことがあったからなのだ。そんな経験をしていたのなら、あの三人の脅しなど、何ほどのこともない。却って可愛く思えただろう。そのあとの伊吹の登場には本気で怯えていたが。自分は相当、迫真の演技をしてしまったらしい。

「短い期間だったし、借金が返せたらピタリと来なくなりました。だけど生きた心地がしないっていう体験をしました。追い詰め方が容赦なくて。相手を弱らせるプロってああなんですね。本当に怖かったです。家の中で僕と母とで抱き合って震えていました」

子どもの頃の恐怖体験を語っている眞田の口元は、それでもほんのりと微笑んでいた。その表情のまま、伊吹の顔を見つめてくる。

「……そういうのがあったからなんだと思います。伊吹さんを助けたいと思うのは」

そう言って、微笑んだまま、だけど強い眼差《まなざ》しで伊吹の顔を見つめ続ける。

「凄く怖い体験をしました。そちら側の世界にいる伊吹さんが、そこから抜け出したいなら、是非そうしてほしいと思うんですよ。だって……伊吹さんはとてもいい人だから」

優しい顔でそんなことを言われ、顔が上げられなくなる。こんないい人を、自分は騙《だま》しているのだ。

「……すみません。俺、眞田さんが思っているような人間じゃないんです」

「そんなことはないですよ。凄く誠実な人だ。見た目はほら、ご職業柄、迫力はあるけど、僕みたいな一般人には優しいし」

「いえ、そんなことは……」

「それに、嘘とか吐けないでしょう？」

ニッコリと笑いながらそう言われ、何も言えなくなり、ますます下を向く。

「話していて、言葉を選んでいるのが分かります。そういうところが凄くいいなあって。真っ直ぐで誠実な方だ。人を騙したりするような人じゃありません。だから安心して、僕も伊吹さんを家に連れてきたんです」

もうどうしたらいいのか分からない。

「とにかく、これからのことはゆっくり考えていけばいいじゃないですか。本当、遠慮はなしで、ね」

優しく諭すように言われ、その笑顔に絆《ほだ》されそうになり、駄目だと首を振る。

これは駄目だ。こんないい人を騙してはいけない。言葉の足りない自分が蒔《ま》いた種なのだ。芽が出る前に自分で摘み取らなければ。伊吹のことを誠実だと言ってくれているこの人に、たとえ呆《あき》れられ、嫌われようとも……。

「眞田さん……」

今度こそ言わなければと強く拳を握り、息を吸った。

「布団を出しましょうか。僕のベッドの下に敷くのでいいですよね」

「ふ、とん……」

吐いた息と共に出た声は、決心したものとは別の単語になった。

「部屋はここと寝室しかなくて。あ、もしかして誰かが側にいると寝られない質とかです？」

「えっ、いえ！　全然、寝られます」

「よかった。人が泊まりに来るなんて久し振りで。……なんか、嬉しかったりして」

また花が咲くように笑う顔に見惚《みと》れ、「手伝ってください」なんて言われて「はい！」と元気よく返事をしてしまった。

眞田に連れられて隣の寝室に入った。部屋の隅にベッドがある。上にある布団が捲れ、皺《しわ》の寄ったシーツが見えた。

「ああ……」

なんという光景だろう。起きたままの形で放置されたそこには、つい今朝方ここに眞田が横たわっていたのだという痕跡が、ありありと見える。

「寝乱れ」という言葉が頭に浮かび、その響きの淫靡《いんび》さに陶然となる。日本語とはなんと素晴らしいものなのかと感動した。

「すみません。散らかっていて、だらしなくて恥ずかしい」

……恥ずかしい。そう言って横たわったままこちらを見ている眞田の顔が浮かび、過呼吸のようになる。心臓が苦しい。

「受け取ってもらえますか？」

寝乱れたベッドを凝視している伊吹に、押入れから布団を出した眞田が声を掛け、慌てて受け取る。ベッドの下にそれを敷き、シーツを二人で広げた。

「伊吹さん大きいから、布団からはみ出しちゃうかもですね」

「ああ……かも、です」

楽しそうな声に、自分の声も浮かれたものになる。

「あ、ちょっと近過ぎたかな」

「あ……、そうですね」

ベッドの真下に敷かれた布団をずらすように言われ、渋々引っ張った。

「寝相は悪くないので、落っこちてきたりはしませんけどね」

「あ、大丈夫です。是非」

落ちてきてくださいと言うと、眞田が華やかに笑った。

「落ちませんけど。落っこっちゃったら流石《さすが》の伊吹さんでも痛いでしょう」

「そんなことはないです。本当、是非」

再度の申し出に、眞田があはは、と声を上げて笑う。

「伊吹さんの冗談を初めて聞きました」

「本気ですけど」

「伊吹さん、面白い」

コロコロと喉《のど》を鳴らして笑っているのが可愛らしく、自分が眞田をそんな風に笑わせているのだという事実に茫然とした。

眞田の部屋の、眞田の寝室で、眞田の隣に布団を並べ、泊まる準備をしている。そして眞田は伊吹が泊まるのが嬉しいと言い、伊吹の冗談ではない冗談を可笑《おか》しいと言って笑い転げているのだ。

なんと幸せな光景なんだろうと、笑っている眞田の顔を眺める。自分が今途轍もなくだらしない顔をしているのが自覚できるが直らない。

何かとても大事なことを忘れているような気がしたが、今は目の前にある光景が幸せ過ぎて、伊吹は緩んだ頬を引き締めることなく、渡された枕を受け取った。

「部屋の物はなんでも勝手に使って構わないし、適当に寛《くつろ》いでいてください」

朝の食卓。向かいに座っている眞田が気軽な声を出しながら、パンに噛《かじ》りついた。

トーストにコーヒーに目玉焼きという朝食の定番を、眞田と共に食べている。普段はトーストを焼くだけで、面倒な時はコーヒーだけという朝も多いそうだ。本当は米が好きなのだが、なかなか一人だと炊く気にならないという。

昼も夜も外食や出来合いの物ばかりで、好き嫌いは特にないそうで、今はコーヒーの銘柄に凝っている。などということを一生懸命覚え込んでいる場合ではない。

「どうしました？　食欲ないです？」

「あ、いや……」

顔を覗き込むようにされ、慌ててコーヒーを飲む。

昨夜は眠れない夜を過ごした。大変な誤解を招き、眞田の部屋に連れてこられている。言おう言おうと決心する側からまるでわざとのように眞田が魅力的な提案をしてきて、ついぞ言わずじまいに朝を迎えてしまった。動揺したまま横たわり、しかもすぐ横には眞田がいるのだ。とても眠れたものではない。

寝不足の頭で朦朧《もうろう》としながら、どうすればいいのかと考えつつ、眞田の部屋で、眞田と共に朝を迎えたという事実に愕然《がくぜん》としている伊吹だ。

「今日も雨は降りそうにないですね。いい天気だ」

そんな伊吹の真向かいに座り、眞田は至って平常心のまま、呑気《のんき》に天気の話をしている。

「今日は早めに帰ってきますから、それから一緒に買い物に行きましょう」

「買い物……」

「着替えとか、日用品とかいろいろといるでしょう？　……なんだか同棲《どうせい》を始める二人みたいですね」

うふうふと笑いながら、そんなことを言ってくるのだから、本当のことが言えなくなってしまうのだ。

今のこの状況が、伊吹の口下手と眞田の誤解によってもたらされたものなら、伊吹が口を開き、眞田の誤解が解けた瞬間に、消滅する。

恐ろしいのは、事実を告げられた時、眞田がどう変化するかだ。騙されたと嘆き、なんて酷い人なんだと憤るだろう。たぶん二度と会ってはくれなくなる。

思考が同じところをグルグル回る。嘘を吐き通すわけにはいかないし、言えば直《ただ》ちに終わりになる。そして、今のこの状況が得難いほど幸福なのだ。

「あ、そうだ。合鍵を渡しておきますね」

立ち上がった眞田がキャビネットの引き出しから鍵を出してきて、テーブルの上に置いた。

「眞田さん……」

完全に信用されている。本当に……困った。

テーブルに置かれたそれを、受け取っていいものかどうかと凝視している前で、眞田が「そうだ」と、もう一度手に取った。

「これ、伊吹さんにあげます。ちょっと大きいけど」

そう言って、鍵のリングの部分に熊の人形を付けてくれた。眞田の会社で作っているマスコットで、例のふわふわヌルヌルとした独特の肌触りをした人形が、鍵にぶら下がる。

「キーホルダー。ね。この手触り、気持ちいいんですよ。伊吹さん、触ってみて」

手渡された熊を握ってみる。掌大の人形は鍵よりも目立っていて、キーホルダーと呼んでいいのかと迷うほどの存在感だ。

掌に載せられた熊を、伊吹の手の上から眞田が握ってきたから驚いた。

「……ふ、ぉお……」

「ね、気持ちいいでしょ?」

感触を確かめさせようと、にぎにぎと握られて、耳までボォオと熱くなった。

「これねえ、ずっと触っていたくなるんですよ」

眞田が伊吹の手を握っている。熊を摑んでいる熊のような手を包む白い指は、神々しいほどに美しく、柔らかく、温かい。

「ほんと……ですね。……柔かい」

ぬいぐるみの感触よりも、自分を包んでいる眞田の手のほうが気持ちよく、そう答えた伊吹に、眞田は嬉しそうに「ね？」と言って笑っている。

「フニフニしてるでしょう。僕は『フニちゃん』って呼んでるんですけど、ネーミング会議で却下されてしまいました」

「フニちゃん……」

「だってこの感触は絶対『フニちゃん』だと思うんですよ。頑張ったんですが、社長は『面白くないから却下』って、採用されませんでした」

「そうなんですか」

「でも僕は『フニちゃん』だと思うんだけどなあ」

「まさしく『フニちゃん』です」

この手触りは『フニちゃん』以外にはあり得ない。

伊吹の力強い同意に、眞田は嬉しそうに笑った。伊吹の上にあった手が離れ、温かく包まれていた感触がなくなり、掌の中にある柔らかさだけが残る。

「僕も同じのを付けているんですよ」

眞田が自分の鍵を取り出し、伊吹に見せてきた。

「お揃《そろ》いですね。失《な》くさないでくださいよ」

笑顔で念を押され、伊吹は命を落としてもこれだけは失くさないと、心に誓った。

行ってきますという挨拶を残し、出勤していく眞田を玄関まで見送った。出掛けにまた、「家を出る時に挨拶できるのって、なんか嬉しいですね」などと言い、「新婚さんみたいだ」なんて言って出ていくものだから、その後三十分近く、伊吹は玄関から動けなくなっていた。

何の気なしに言ってくる言葉の一つ一つが、とにかく死に至るほどの衝撃で、眞田が話す度に寿命が縮まる思いだ。そして、結局伊吹は眞田に真実を告げないまま、和やかな朝を過ごし、眞田を見送り、一人眞田の部屋に残されていた。

新婚の余韻からようやく我に返り、のろのろとリビングに戻る。

キッチンに入り、シンクに置かれた食器を洗う。世話になっているのだから後片付けぐらいはさせてくれと、伊吹から申し出た。眞田は遠慮することなく、あのいつもの笑顔でお願いしますと言ったのだ。

二人分の皿とカップを洗いながら、新婚みたいですねという眞田の言葉を思い出し、再び茫然とする。ベッドと布団とではあるが、並んで眠り、一緒に朝食を食べ、仕事に出掛けていく眞田を見送り、朝食の後片付けをしている。これが夢でないとしたら、なんと呼べばいいのだろう。

食器を洗い終え、リビングに戻った。テーブルの上には合鍵が置いてある。眞田とお揃いの『フニちゃん』が、鍵を枕にして寝そべっていた。

肌触りのいい材質のぬいぐるみは、伊吹の部屋にもごまんと置いてある。目の前に横たわっている熊は、そののほほんとした表情が気に入り、所有するマスコットの中でも断トツに数が多い。眞田がこれを選び、伊吹に与えたということに、運命的なものさえ感じた。

フニちゃんを手にしたまま、熊のように部屋の中をウロウロと歩き回る。好きに使っていいと言われたが、そういうわけにもいかないと思うのだ。一度手をつけてしまえば歯止めが利かなくなり、タンスの隅々まで覗いてしまいそうな自分が怖い。

テレビぐらいは点けてもいいだろうとリモコンを探し、ふと気が付いて、キャビネットに立てかけてあるコルクボードに近づいた。

沢山の写真が貼られたボードに顔を近づけ、まじまじと眺めた。海や山、川や草原を背景にした眞田が楽しそうに笑っていた。釣竿《つりざお》を持っているものもあれば、スキーウェアを着ているものもあり、だいぶ趣味は広いようだ。何にでも遊びを見つけ、とことんまで楽しもうとする眞田らしい。

「……水着が少ないな」

海水浴の写真もあったが、大判のタオルを掛けていたり、海に入ってシャチのフロートを抱いていたりして、全身の姿がないのが残念だった。

グループで写っているものも多く、いくつかは同じ顔触れがあった。同僚なのか、学生時代からの友人か。どれも楽しそうに満面の笑みを浮かべている。眞田といれば、皆こんな笑顔になるのだろうと、グループの中心で、やはり一番輝いている眞田を眺めた。

それにしても、初対面の時からこの人には驚かされてばかりだ。落ち着いた人かと思えばいきなり人の膝の上に飛び込んでくるし、注射が嫌いで、すぐに人のことを信じる。昨日からのことにしても、誤解を招くようなことをしたのは伊吹で、それは完全にこちら側が悪いのだが、彼の早合点が、事を大きくするのをおおいに手伝っているのだ。

「普通、初めて会った人を一人残して部屋を出るか？　合鍵くれるし……」

手に持ったままのフニちゃんを見つめ、追い詰められた状況であるのに、つい笑ってしまう。面白い人だなあと思い、それ以上に魅力的な人だとも思う。

テレビを眺め、気を遣いながら部屋の掃除をし、午前の時間を過ごした。台所も勝手に使っていいと言われていたので、冷蔵庫の中を覗いてみる。中にあるもので適当に食べ、眞田が帰ってくる前に補填《ほてん》するつもりでいたのだが、調理をしようにも、材料になるものが何も入っていなかった。

ビールや水などの飲料水と、マヨネーズ。卵はあるが、その他の食材は見当たらず、野菜室にはリンゴ一個がゴロンと転がっているだけだ。冷蔵庫の奥に、キムチと海苔《のり》の佃煮《つくだに》の瓶《びん》があるが、どちらも賞味期限が怪しかった。自炊はまったくしないらしい。

昨夜のイタリアンレストランでは旺盛《おうせい》な食欲を見せていたし、とても美味しそうに食べていた。食べることは楽しんでも、作ることには興味がないという、非常に分かりやすい眞田の冷蔵庫だった。

調味料の種類と米の残量を確かめ、伊吹は外へ出ることにした。昼は何処かで済ませ、食材を買って帰ろうと思った。一晩泊めてもらった礼と、……詫びも兼ねて、眞田のために夕飯を作ろう。

眞田とは逆に、伊吹は料理が割合に好きだ。執筆中は手間を掛けられず、不規則になることも多いが、締め切り明けなどは、気分転換も兼ねて、かなり凝ったものを作る。ハンバーグも餃子《ぎょうざ》も種から作るし、時間と手間を掛けた煮込み料理などは自分でもかなりのものだと思っている。引き籠りの生活で、キッチン用品も充実していた。

昨日と同じスーツを着こみ、眞田の部屋を出た。買い物の前に一度自宅に帰ることにする。眞田は一緒に買い物に行こうと言っていたが、それは伊吹を自分の部屋に潜伏させるための準備だ。

夢のような幸福感は、波打ち際の砂の城だ。波が来れば一瞬で崩れ去る。時間が経てば経つほど言いにくくなり、罪は重くなるのだ。今日、眞田のために心を込めて食事を作り、その席で真実を告白し、あの部屋を去ろう。

電車を乗り継いで自宅に帰り、着替えを済ませた。眞田の部屋のキッチンを思い出し、使えそうな調味料を持って行こうと用意をする。ボストンバッグを出してきて、一応引きとめられた時のことを考え、数日分の着替えを詰めてみたりする。下着やシャツなど、あれこれと入れているうちに、ボストンバッグがパンパンになってしまった。

こんな大仰なお泊まりセットを用意して、自分は本当のことを言うつもりがないんじゃないか？　と自問自答し、いやいや、言わなければと気持ちを奮い立たせる。

そうだ。本当のことを話し、眞田に部屋を追い出されたら、そのまま傷心の旅に出よう。眞田との二日間の思い出を胸に、それこそ鄙《ひな》びた温泉地で一人過ごすのもいいかもしれない。

お泊まりセットを持ち出す理由を見つけ、意気揚々と準備をした。出掛ける前に書斎のパソコンを確かめると、佐田からメールが入っていた。

仕事の早い佐田らしく、温泉地の候補が羅列され、今後のスケジュールの進行も入っていた。礼の返信を打ち、少し考えたいことがあるので旅に出ます、連絡もしばらくできませんと最後に綴《つづ》り、送信して家を出た。

また電車に乗り、眞田の住むマンション近くにあるスーパーに入った。ボストンバッグとスーパーのカゴを手にぶら下げ、店内を回る。

眞田は朝も本当はご飯が食べたいのだと言っていた。夕食を作りながら、ある程度仕込んでおけば、朝も和定食をお披露目できる。野菜売り場の前で玉ねぎを手にしながら、伊吹の手料理を前にして、大喜びしている眞田を想像し、ほくそ笑む。

褒め言葉に照れのない眞田のことだ。また伊吹を即死させるようなことを言ってくるだろう。「嫁にほしい」なんてことを平気で言いそうだ。もらってくださいと自分も三つ指をついたりして……。

手の中の玉ねぎを握り潰しそうになり、ハッと我に返る。……朝ご飯って。自分は今日も眞田の部屋に泊まるつもりなのか。

無理だろう、いくらなんでも駄目だろうと思いながら、いそいそと食材をカゴに入れている伊吹だった。

部屋に戻り、さっそく料理に取り掛かる。買ってきた野菜を刻み、まずは豚汁を作った。メインはあまり手の込んだものにせず、シンプルに豚の生姜《しょうが》焼きにした。豚、豚で材料が被ってしまうが、いろいろと大量に買い込んでも、余った食材を眞田が持て余し、困るだろうと思ったのだ。

豚肉はたれに漬けずに小麦粉をまぶして直前に焼くようにした。そのほうが肉汁が外に出ないし、タレにもよく絡む。料理をしない眞田の台所には小麦粉がなかったため、自宅から持ってきていた。余った小麦粉でチヂミを焼くことにする。甘辛いタレをつければ、ビールのいいおつまみになる。

豚汁に使った牛蒡《ごぼう》は、豚肉と共に煮て、すき焼き風の味付けにすれば、明日の朝、簡単な丼物にできる。その上に温泉卵を載せてやったら喜ぶかもしれない。眞田は温泉卵が好きだから。

下ごしらえをしながら、何気に明日の朝食のレシピまで準備に入っているが、そこは考えないことにした。

やがて夕方になり、眞田からメッセージが入った。約束通り一緒に買い物をし、ついでに夕食も外で取ろうという誘いに、遠慮がちに、実は夕食を作ったのだと伝えると、すぐさま急いで帰るとの返答がきた。

炊飯器のスイッチを押し、豚汁の鍋に火を入れる。チヂミ用のタレを混ぜ、ネギとキャベツで生地を作った。本当は干しエビやホタテやイカなんかも入れたいところだが、残ってしまっては眞田が困るだろう。自分がいたらいろいろな材料で、なんでも作ってあげられるのにと思いながら、野菜だけのシンプルなチヂミを焼いた。

飯がちょうど炊けた頃、眞田が帰ってきた。息せき切ってきた様子がありありと分かり、笑顔で出迎える。

独身用のダイニングテーブルいっぱいに並べられた料理を見て、予想通り眞田が手放しで喜んだ。

「凄《すご》い。え、全部伊吹さんが作ったんですか？」

「あ、たいしたもんじゃないですが」

「これ何？　チヂミ？　へえ！　こういうのって家で作れるんですか？　タレも市販じゃな

く？」

「や、小麦粉に野菜を入れて焼いただけで……、タレもただ混ぜただけで……」

いちいち驚きの声を上げる眞田に、伊吹もいちいちつっかえながら答えた。凄い凄いの連発で、案の定「嫁にほしい」と眞田が言い、爆発しそうになりながら、手で口を覆い、ニヤける顔を隠した。

料理にひとしきり驚いた眞田は、伊吹が着替えていることに気が付いた。伊吹が家に帰ったことを言うと、眉を顰《ひそ》め、大丈夫だったのかと心配するのに恐縮する。

「無事に帰ってこられてよかったです。でも注意してくださいね。拉致《らち》されて行方不明になったりしたら、心配で死んでしまいます。急にいなくなったりしないでくださいね」

拉致も行方不明もあり得ないのだが、最後の言葉に撃ち抜かれて倒れそうになる。

ビールを開け、楽しい晩餐《ばんさん》が始まった。

チヂミを口にした眞田が、大袈裟《おおげさ》な声を上げ、極上の笑みを浮かべるのが、伊吹にとっては最高のおかずだ。

「冷蔵庫、空っぽだったでしょう。すみません。なんでも適当に食べていいなんて言っておいて。考えてみたら、卵とリンゴしか入ってなかったんだ。お金を使わせてしまいましたね」

「いえ、いえ！　本当、簡単なものばかりで」

「そんなことないですよ。僕のほうが一人暮らしが長いはずなのに、全然作れません。カレーぐらいはたまに作るんですが、余ると大変なことになるし、それに、張り切ってあれもこれもと買い物をしても、全然使いきれなくて、材料を腐らせてしまうばかりで」

眞田の言葉に、大袈裟な用意をしなくてよかったと胸を撫で下ろした。

「リンゴも会社でもらったんですが、いつか食べようと思っているうちに忘れてしまい、気が付いたら萎《しな》びていて。でもまだ腐ってないし、なんて思ってそのままです」

「あ、そのリンゴ、デザート用に使いました」

眞田の言う通り、そのまま食べるには日が経ち過ぎていたので、簡単なデザートに加工しておいた。

「コンポートといって、本当はワインとかシロップに漬けて煮るんですけど、リンゴジュースに浸してそれごとチンすると、サッパリした甘煮になるんですよ。冷蔵庫で冷やしてあるんで、後で食べましょう」

伊吹の説明に、眞田はポカンと口を開け、それから「……凄い」と溜息を吐いた。

「いえ、全然凄くないです。切ってチンしただけなんで」

「凄いですよ。リンゴなんて、皮を剝《む》いて食べるしかしたことがないです。母もそんなことをして出してくれたことはないですよ。僕はアップルパイが好きなんですが、迷いなく市販のものを出されました」

「アップルパイが好きなんですか」

また一つ、眞田情報をインプットする。

「そうなんです。まさか、アップルパイ……、作れたりします？」

期待の籠った目で見つめられ、頷いてしまった。作ったことはないが、作れるとは思う。

伊吹の頷きに、眞田がまた花が咲くように笑った。

「伊吹さん、本当に凄い。恥ずかしながら、僕はけっこうな甘党で」

「お……っ、俺も」

勢い込んで同意したら、眞田が悪戯《いたずら》っぽい目を向け、「僕たち、凄く気が合いますね」なんて言うものだから、本当に昇天しそうになる。

「俺も、お菓子はそんなに自分で作ったりはしないんですが、甘い物には目がなくて。外に出たら、デザートバイキングとか、そういうのに入ってみたいと思っても、……こんなナリだし……」

有名なパティシエが集うデザートフェスタなるものにも出向いてみたいし、天然氷のカキ氷も死ぬ前に一度は食べてみたい。分厚いパンケーキにメイプルバター、アイスクリームやホイップクリーム、フルーツのソースをふんだんに使ったものなど、テレビや雑誌で紹介される度に、パソコンで店の場所を調べ、行ってみたいものだと夢想していた。

「じゃあ、今度の休みに行きましょうか」

「えっ」

「土曜日に二人でスイーツ巡り。ね、一緒に食べ歩きに出掛けましょう」

それは……、願ってもない誘いだが。

「伊吹さんは何が一番食べたいですか？」

「一番……食べたい、のは……」

身を乗り出してじっと見つめられて、その大きな黒目を見返すことができず、ヨロヨロと視線を彷徨《さまよ》わせた。

「パンケーキ、……かな」

答えるまで視線が外れず、ようやく二番目に食べたいものを口にした。一番食べたいものは今目の前にあり、だけどそれを口にするわけにはいかない。

「じゃあ、パンケーキの店を探しましょう」

「あ、でも……」

「いいじゃないですか、パンケーキ。僕もそれ食べたいです」

伊吹の逡巡を遠慮と見たのか、眞田が言った。

眞田と出掛け、パンケーキを食べる。そんなことが実現したらそれはもう冥土《めいど》の土産《みやげ》レベルの思い出だ。

だが、それを現実にするには、伊吹は自分のことを黙っていなければいけない。今日は水曜で、週末まであと四日。その間、伊吹は眞田を騙し続けることになるのだ。

この食事が終わったら真実を告げようと、……遅くとも、明日の朝には言わなくてはと思っていたのに、眞田がまた容赦のない魅力的な提案をしてくるものだから、その決心が早くもぐらついてくる。

「……でも、やっぱりあまり外をうろつかないほうがいいんでしょうか」

「え……？」

黙ってしまった伊吹に、眞田は窺《うかが》うような声を出し、もう一度伊吹の顔を覗いてきた。

「あれですよね。迂闊《うかつ》に外に出たら危険でしたよね。そうでした。伊吹さんは隠れているんだった」

「あ、いや……」

「すみません、伊吹さんの立場をすっかり忘れて、遊びに行こうなんて、はしゃいじゃって。そうですよね。そんな場合じゃなかったんだ……」

「いえ！　それはそんなに……気にすることもないと、思うんですが」

「でも、見つかったら連れ戻されてしまいますよね。せっかく見張りの目を盗んで逃げてきたのに」

「あー、いえ、本当に大丈夫、だと。……見張りも常についているわけじゃ……ないし」

しょんぼりしてしまった眞田に、慌てて嘘八百を並べ立てる。

「でも……」

「ほら、今日だってこうして着替えも取りに行って、無事に帰ってこられたわけだし。……行き、……っ、行きましょう。俺も、パンケーキ食べたいです。凄く。もう、それを食べられたら死んでもいいってくらい、食べたいです」

「そんな大袈裟な」

「本当に。眞田さんと、パンケーキを食べたいです。……一緒に行ってください、俺と」

最後は声が震えてしまった。まるで俺と一緒に死んでくれと頼んでいるような悲壮感漂う声音に、眞田は大きな目をいっそう見開いて、それからゆっくりと笑顔になった。

「じゃあ、行きましょうか」

やっと取り戻してくれた笑顔に、伊吹もホッとしながら大きく頷いた。

何処へ行こうかと相談しながら、楽しい夕食が再開される。

食べている間、眞田は相変わらず陽気に話し続け、伊吹も笑顔で相槌を打つ。一対九の会話の分担も変わらない。眞田はよく食べ、よく飲み、おおいにしゃべった。

デザートに出したリンゴのコンポートもどきにも感嘆の声を上げた眞田は、伊吹が明日の朝食の献立を言うと、大袈裟ではなく飛び上がるようにして喜んでくれた。

「朝からそんなご馳走《ちそう》が食べられるとか。もう僕は伊吹さんを手放せません」

……どうしてこの人はこういう言葉をなんの衒《てら》いもなく言えるのだろう。

「ずっとここで潜伏していてくださいよ」

「それはもう……」

眞田が望んでくれるなら、一生部屋から出なくても構わない。

「な一んて、それじゃあ伊吹さんがつらいですよね」

「いえ、全然」

「こんなおじさんと二人暮らしだなんて」

「とんでもないです。……パラダイス、みたい、な……」

ドギマギしながら遠慮がちに本音を言うと、もう、と流し目で睨んでくるから堪《たま》らない。

「もし、伊吹さんが無事に組から抜けられて、就職先を探すにしても、急がなくてもいいですからね」

伊吹の将来のことまで気に掛けてくれるのかと、その温和な顔を見返す。

「いつまででも本当、いてください。僕が伊吹さんを養っていきますんで」

まるでプロポーズのような言葉に狼狽《うろた》えてしまい、キョロキョロと辺りに視線を彷徨わせ、終《しま》いには妄想が高じた空耳なのかと、思わず振り返ってしまった伊吹だった。

とぼけたような伊吹の行動に、眞田は可笑しそうに声を上げて笑い、伊吹は真っ赤になって頭を掻く。

「ずっといてくれたら嬉しいなあ」

「あう」

「だって毎日こんな美味しい料理を食べられて、朝ご飯も作ってもらえて、休みの日には食べ歩きですよ。本当、パラダイスだ」

さっき伊吹が言った言葉を眞田も使い、それから元気よく「おかわり」と、ご飯茶わんを差し出してきた。


「ねえ伊吹《いぶき》さん、ここはどうですか？」

タブレット端末を弄《いじ》っていた眞田《さなだ》に呼ばれ、ソファに近づく。

「これ、凄《すご》く美味《おい》しそうじゃないですか？　場所が割と近いんですよ」

自分が座っている位置をずらし、ここに来いという動作に、おずおずと腰を下ろした。

風呂上がりの眞田はまだ暑いらしく、ボクサーパンツの上にTシャツだけという恰好《かっこう》だ。

そんな恰好のまま、隣に来た伊吹にタブレットを見せようと密着してくるから、画面を見るどころではなくなる。

「ね。これ、ここ」

凄くいい匂いがする。ソファの上に体育座りをしている足が、艶《なま》めかしい。

「メイプルバターだって。伊吹さん、これ食べたいって言ってたよね」

あ、今丁寧語じゃなくなった。

画面を覗《のぞ》きこみながら、全然違うことを考えている伊吹に、眞田が週末に二人で行くパンケーキの店の相談をしている。

「ここ、駅の近くに玩具《おもちゃ》博物館があるんですよ。廃校になった小学校の校舎をそのまま使ってるって。テーブルゲームも展示してあって、自由に遊べるんですよ。一度行ってみたかったんですよね」

「じゃあ、そこにも行きましょう」

伊吹を見上げた眞田が、ぱぁ、と花が開くように笑った。

「やった。楽しみだなあ。凄い種類のゲームや玩具があるらしくて。ずっと前にうちの社長が、まるで自分の家みたいに自慢してて。これで僕も社長に自慢できる」

眞田の話の中にかなりの頻度で登場する社長は、才能あるデザイナーであり、尊敬する上司であり、玩具好きという共通の趣味を持つ、友だちのような存在であるらしかった。

「デザインとか設計とかの才能は凄いんですけどね、あの人に全部任せると、とんでもない予算のものを平気で作るから」

眞田お気に入りの『フニちゃん』も、その社長の開発した製品なのだそうだ。あの独特の手触りを再現するために、相当な試行錯誤があったようで、社の一押しの商品であると共に、眞田にとってもとても愛着のある、とても大切なものらしい。

「俺より、その社長さんとそこに行ったほうが、楽しめるんじゃないですか？」

嫌味で言ったわけではなく、気の利いたことなど一つも言えない自分なんかと行くよりも、そのほうが何倍も眞田が楽しめると思っての言葉だった。

だが、眞田は大きな目をより一層大きくして、「そんなことないよ」と首を振った。

「社長と行ったら仕事の延長みたいになっちゃうし、今、伊吹さんと遊びに行くところを探しているんでしょう？　僕はここに伊吹さんと行きたいし、パンケーキも食べたい」

「そうですよね。俺も……楽しみです」

下から覗き込むようにされ、慌ててそう言うと、眞田はまたにっこりと笑い、「うん。楽しみ」と、画面に視線を移した。

さっきから丁寧語と砕けた口調が入り混じり、その度に眞田の伊吹に対する距離が縮まっていくようで嬉しい。誰でもなく伊吹と出掛けたいのだと、そう言って二人で計画を立てている。夢見心地とはこういうものなのだなと、隣から漂ってくる湯上がりの匂いに、うっとりと鼻を膨らませている伊吹だった。

隣にいる眞田は、パンケーキの画面から、玩具博物館のイベント情報を眺めている。風呂上がりで部屋には暖房が入っているため寒さは感じないようで、伊吹には目の毒な姿のまま、ソファに座っていた。

週末に回る場所が決まり、用事は済んだのだから立ち上がったほうがいいだろうか。だがまだ座っていたい。いい匂いがするし。

もぞもぞしている伊吹の隣で、タブレットを眺めながら、眞田がふくらはぎを揉《も》んだ。

「足、痛いんですか？」

「いや、痛くはないんですけど、外歩きが多いから、どうしてもね」

自分の足を揉みながら、眞田が答えた。

「だいぶ前なんですけど、テニスをやった時に転んじゃって、足首を捻挫《ねんざ》したんですよ」

職場の人たちと毎年バーベキューをしていた眞田たちは、隣接していたテニスコートで試合をしたのだそうだ。

「学生時代に何度かやったことがあったし、こう……動けると思っちゃったんですよ。気持ちは華麗にボールを追い掛けてるつもりが、身体《からだ》が付いていかなくて。自分の年を忘れていた。お酒も入っていたし」

照れ臭そうに笑い、捻挫をしたという足首を、クルクルと回している。

「十年近くやってないのに、いきなり全力疾走したらそりゃ転ぶよね。っていうか、普段もよく蹴躓《けつまず》くんです」

「……あー」

初めての出会いの光景を思い出し、相槌《あいづち》を打つ伊吹を、眞田が睨《にら》んできた。

「なに？　納得っていう顔をしてるんだけど」

「あっ、いえ」

慌てて否定をする伊吹に、眞田は笑い「まあね。本当によく転ぶんです」と言い、足首を回していた手を土踏まずに移動させ、親指で押した。

「もう捻挫はよくなってるんだけど、庇《かば》う癖がついちゃってるみたいで。よく歩いた日なんか、こっちが張っちゃうんですよ」

「……揉みましょうか？　俺。けっこう上手《うま》いって言われます」

子どもの頃から親父にマッサージさせられていたし、空手をやっていたから、しょっちゅう整体の世話にもなっていた。小説で食えなくなったら、そっちの道を考えてもいいかと思うぐらいには、自信がある。

「足だけじゃなくて、たぶん背中とか腰とかにも負担がいってると思うから」

「うーん。確かに腰も痛いかも」

「でしょう。全身やってあげますよ」

ソファの下に正座をし、腕を捲《まく》りながらそう申し出た。眞田の身体に触ることができるまたとないチャンスだ。マッサージがプロ並みなのは嘘ではないから堂々と言える。

「……痛くしない？　痛いのは苦手なんだ」

採血の時に悲鳴を上げていたのを思い出し、笑顔で大丈夫と頷《うなず》いた。

「天国に連れていってあげます」

持っていたタブレットをソファに置き、眞田が床に敷いてあるラグにうつ伏せになった。

Tシャツにボクサーパンツの恰好で、眞田が目の前に寝そべっている。なんという光景だろう。天国へ連れていくと太鼓判を押した伊吹だが、自分が先に召されそうだ。

「……じゃあ、いきます。優しくしますけど、もし痛かったら言ってください」

「ん」

俯《うつぶ》せになり、顎《あご》を自分の手の上に乗せた眞田が目を瞑《つむ》った。そろそろと腕を伸ばし、肩に手を置いた。軽く揉みながら身体の柔らかさを確かめ、背中を撫《な》でる。背骨を中心に、両方の掌《てのひら》でゆっくりと擦《さす》るようにしながら押していった。

Tシャツ越しに眞田の体温が伝わってくる。肌は柔らかく、思ったよりも凝っていない。

「やっぱり少し凝ってますね。首の辺り、重くなかったです？」

「うーん、どうだろう。あまり感じたことがなかったけど」

項《うなじ》に指を当て、さわさわと撫でながら、軽く押す。思っていた通り肌は滑らかできめ細かく、吸い付きたい。

「……ちょっと擽《くすぐ》ったいかも」

伊吹に触られながら眞田が肩を竦《すく》めた。

「じゃあ、もうちょっと強くしますね」

「うん……」

体重を掛け過ぎないようにしながら筋肉を解《ほぐ》していく。弾力のある身体が僅《わず》かに沈み、眞

田が呻《うめ》くような声を上げながら、息を吐いた。

「苦しいですか？」

「ん、大丈夫。……気持ちいい」

親指を使ってツボを押す度に、柔らかく息を吐いている。本当に気持ちがいいみたいで、うっとりと目を閉じて、伊吹に触られている。

背中から腰をゆっくりマッサージしながら掌を移動させていった。

運動不足だ、年だと言っていたが、眞田の足は細く引き締まり、肌もツルツルで触り心地がいい。尻の形も最高だ。

親指で尾てい骨を押しながら、広げた掌で尻を包み、押す。

「……ん、は、ぁ……」

艶めかしい声がして、眞田が溜息を吐いた。

「毎日歩くから、筋肉がついてますね」

「そう？」

グイグイと押しながら、引き締まったラインを揉んだ。

「はい。とても綺麗《きれい》な肉の付き方です」

目を瞑ったままの眞田の口端がすいっと上がり、笑顔になった。

包んだ尻をガツッ、と摑《つか》みたい衝動を辛うじて我慢する。掌全体で押すようにして円を描くまでに留《とど》めた。

「伊吹さん、本当に上手ですね。凄《すご》く気持ちがいい」

「……そうですか」

片足を持ち上げ、自分の膝《ひざ》の上に乗せた。スラリとした足は、指の形まで完璧に綺麗だ。ふくらはぎ、足の裏と、ツボを押しながら揉むと、「あー」という気持ちよさげな声のあとに、はふん、と溜息を吐くのが艶めかしい。

「……ここ？」

足首を持ち、親指で土踏まずの内側を押して聞くと、眞田がまた溜息を吐いた。

踵《かかと》の後ろを親指で押す。ここ、精力増進のツボです。ここです。と心の中で唱えながら、力強く刺激した。

「ああ、なんかもう……病みつきになりそう」

溜息を吐きながらそんな嬉しいことを言われ、ますます強く踵の後ろを押す。

「料理もできて、マッサージもこんなに上手だなんて。本当、嫁に欲しい」

いつでももらってくださいと心の中で返事をしながら、丁寧に足を揉んだ。

「これってやっぱり修業時代とか、そういうので培《つちか》ったんですか？」

「修業？」

「ほら、伊吹さんのところは師弟関係っていうの？　そういうのが厳しいんでしょう？　部屋住みとかして料理作ったり、こういうマッサージとかも仕事のうちなのかなって」

「ああ……、まあ」

適当な声を出し、もう片方の足を持ち上げる。

「凄いスキルだよね」

「そうでもないです。特に役にも立ちませんし」

「そんなことないよ。実際僕はこうやって恩恵に与《あずか》っているし。伊吹さんの奥さんになる人は幸せだろうな。羨《うらや》ましいです」

「眞田さんは……付き合ってる人とか、いないんですか?」

話の流れでそう聞いてみる。伊吹の質問に眞田が、にやぁ、と笑い、その顔のまま伊吹に足を揉まれている。

「……いるんでしょうね」

「いないよ」

笑い声のままの答えに、「本当ですか?」と念を押す。

「いないって。そんな人がいたら、いつまでもここにいていいなんて言わないでしょう?」

「……それもそうか」

「残念ながらいないんだよなあ」

眞田がカラッとした声で嘆いた。

「眞田さんは、どういう人が好みなんですか？」

マッサージをしながら、さり気なさを装って質問を続ける。

「うーん、好みっていうのは……よく分からないな。一緒にいて楽しい人、かな」

「楽しい、か……」

それはとてもハードルが高い要求だ。

「でも、前はいたんでしょう？」

「……うん。そりゃ、こんな年だし、時々はいましたけど」

「そうですよね……」

「でも振られました」

「そうだったんですか。眞田さん、こっち向いてもらえます？」

「ああ、はい」

伊吹の呼び掛けに、素直に仰向《あおむ》けになり、伊吹に足を預けてきた。

「僕はほら、マイペースな質《たち》だから。学生の時は仲間内で集まって騒いだりするでしょう？　そうしているうちに、相手は自分じゃなくてもいいんじゃない？　ってなるみたいなんですよ。友だちと恋人との境界線が曖昧《あいまい》っていうか。僕はちゃんと線引きして、その人のことを好きなつもりなんですけど。向こうの気持ちが測れないというか。それで、いつの間にか振られちゃっているっていうパターン」

伊吹の膝の上に足を乗せて、ふくらはぎを揉まれながら、眞田が過去の恋の話をしている。

「相手にも同じ比重というか、それを求めちゃっているのかなあ。でも、相手の気持ちが分からないと不安になるから、ちょっと引いちゃうんですよね。そうすると相手も引く。そうやって測っているうちに、友だち関係が丁度いいみたいになる。欲張りな上に、臆病《おくびょう》なのかもしれないですね。そんなことを繰り返して、いつの間にか三十を越えていました。そうしたら、一人も楽かな、なんて思い始めて」

諦《あきら》めたように眞田が笑った。

「僕には恋愛は向かないらしいです」

「そのうちまた出会いがありますよ」

「そうかなあ」

「大丈夫ですよ。眞田さんは……魅力的だから」

伊吹の言葉に、眞田がまた嬉しそうに口の端を上げた。

「伊吹さんこそ凄くモテるんでしょう」

「モテないです」

即答するが、眞田は信じていないようにニヤニヤしていた。

「本当、俺なんか全然……。面白みもないし気の利いたことも言えないし、ナリはこんなだし」

「なんで？　伊吹さん恰好いいですよ。それに優しいし、面白みないなんて、面白いですよ？　とっても」

「そんなことは言われたことがないです。一度も」

抱えていた足を床に下ろし、眞田の頭の上に移動した。

「揉み返しがこないように、今度は身体全体の筋肉を解していきますね」

「お願いします」

首の下に掌を入れ、軽く引きながら押す。少しずつその位置をずらして肩を揉んだ。

伊吹に首と肩を揉まれながら、眞田がじっと顔を見つめてくる。

「伊吹さん、その顎の傷……喧嘩？」

下で寝ている眞田の位置からは、伊吹の傷がよく見えるらしく、片方の手を上げてそこを指し、聞いてきた。

「あ、これですか？」

薄くはなったといっても、傷痕《きずあと》があるのは誰の目にも分かり、だけど直接理由を聞いてきた人は初めてだなと、じっと自分の傷を見つめている人に笑い掛けた。流石《さすが》三人組に因縁をつけられただけのことはある。本当に好奇心の強い人だ。

「小さい頃、犬に追い掛けられて、逃げて転んで切ったんですよ」

「そうなんですか」

「喧嘩じゃないです」

理由を説明すると、眞田が納得したように笑い、それから「よかった」と言った。

「え？」

何がよかったのか分からずに聞き返した。

「喧嘩とか、人にやられたものじゃなくてよかったなーって思って。だって、誰かに負わされた傷なら、鏡を見るたびにその人のことを思い出しちゃうじゃないですか。あいつにこれをつけられたって」

「ああ、そういうもんかもしれないですね」

「うん。そういうもので付いた傷じゃなくてよかった」

肩を揉まれながら、伊吹の傷をなぞるように指が動く。ほんのすれすれの位置でその指は伊吹に触れず、パタリと下に落ちた。眞田が安心したような顔をして笑っていた。

両肩を揉みほぐし、もう一度場所を移動し、眞田の横に座った。今度は下半身を解す作業に掛かる。

「じゃあ次、腰から下、いきますね」

「うん。お願いします」

足の付け根ギリギリのところに掌を置いて、撫でていくと、胸の上に置いてあった眞田の手が、口に当てられた。眉《まゆ》を顰《ひそ》め、苦しそうな顔をするので、その顔を覗く。

「痛かったですか？」

「違う。……なんかちょっと」

「擽ったい？」

ギュッと目を閉じて、耐えるような表情をしながら溜息《ためいき》を吐《つ》かれ、その顔を凝視した。なんだかとても……色っぽい。

「マッサージ自体、してもらったことがなくて」

「そうなんですか」

「人にこういうところを触られるのが、……久し振りっていうか」

「ああ」

マッサージ以外の目的で触った人がいるんですねと思いながら、しつこく同じ場所を揉んでいた。揉むというよりほとんど撫で回している状態だが、マッサージを受けたことがないという眞田は、黙って伊吹に身を任せ、触られ放題になっている。

両手で口を押さえたまま、苦しげな表情は変わらない。だけどやめてと言われないからこちらからも手も離したくない。太腿《ふともも》の感触を堪能《たんのう》し、膝を撫で、脛《すね》に移動し、心を少し落ち着けてから、また太腿に戻る。モジモジと足の指が握られている。……可愛い。足の指を舐《な》めたい。肌が掌に吸い付くようで、とても気持ちがいい。こっちからも吸い付きたい。パンツの中に手を入れたい。この布の中はどうなっているんだろう。確かめたい。確かめて触ってここにも吸い付きたい。吸い付いて舐め回してそれで……。

「伊吹さん、あの……」

夢中で撫で回している上から戸惑ったような声がして、ハッとして手を離した。

「……終わりました。何処《どこ》か解し足りないところはないですか?」

「ないです。ありがとうございます。だいぶ楽になりました」

残念だが、礼を言われてしまったので引き下がらざるを得なかった。

「いっぱいやってもらっちゃった」

「いえ。……まだ足りないぐらいで」

「十分ですよ。僕もお返ししてあげたいけど、やったことないから、下手くそだろうし」

「いえいえ、そんな。大丈夫です。お気持ちだけで」

そんな嬉しいお返しをされたら、理性を保てる自信がないので、丁寧にお断りをした。

「伊吹さんもお風呂使ってください」

眞田が身体を起こし、伊吹も立ち上がった。

「はい。じゃあお借りします」

浴室に入り、着ている物を脱ぐ。下着の中が僅かに兆していた。……危ないところだった。

シャワーを出し、その下に立つ。触っていた眞田の感触を思い出しながら、身体を濡《ぬ》らしていった。

一人になったことに安心すると、すぐさま興奮がやってきた。触る前からソコが勝手に勃ち上がってくる。

「ん……」

緩く握り、ゆっくりと上下させた。シャワーの音に自分の声を隠しながら、眞田の肌の感触に浸る。

滑らかな肌は想像した通りだった。柔らかく繊細で、だけど力強い。押し返してくるその弾力に、更に力を加え押し潰《つぶ》したい。撫で擦って可愛がりたい欲求と、とことんまで暴いてしまいたいという欲望が湧《わ》いた。自分の中に、こんな獰猛《どうもう》な衝動があったのかと驚いた。

猛々《たけだけ》しい雄の象徴は今、醜悪に育ちきり、動かす手が止められない。

ただ遠くから眺め、憧《あこが》れていただけの存在が、現実に目の前にあり、手の中にあった。

「あ、あ……っ、く」

あの無防備なうなじに噛《か》みつき、音を立てて吸ったら、彼はどんな声を上げるのだろう。

「あっ……」

泣き声を想像したと同時に、手の中の昂《たか》ぶりが呆気《あっけ》なく爆発した。

「う、……う」

溜息を吐き、シャワーで顔が濡れた。昂ぶりはまだ治まらない。再び手を動かし、妄想に浸る。

恋愛には向かないと言っていた。好きになっても振られるのだと。過去の、見ず知らずの人に嫉妬《しっと》する。自分ならそんなことは絶対にしない。眞田の情が深いことを知っている。あんなに素直で優しい人を傷付けるなんて許せない。自分なら……、あの人と過ごし、あの笑顔を向けてもらえるなら、どんなことがあっても手放さないのに。

「あ、あ……、眞田さ……、っ、史弘《ふみひろ》……、あぁ、……は、ぁ」

水飛沫《みずしぶき》が口に入り、溺《おぼ》れながら名前を呼ぶ。

二度目の絶頂は長く続いた。

白濁が飛び散り、浴室のタイルを濡らした。駆け上がりながら見えていた閃光《せんこう》は一瞬で消え、虚脱感と共にどす黒い後悔がやってきた。

夢想していたものが現実になった。声を聞き、話し掛けられ、食事もした。彼の部屋に泊まり、身体に触った。

身に余るほどの幸運を得ているのに、それだけでは足りなくなっている。

もっと近づきたい。ずっと声が聞きたい。もっと側に……腕の中に閉じ込めて、あの感触を味わいたい。

天井知らずの欲望に苦笑し、それが叶わないことに絶望する。

息を整えながら、いつまで引き延ばせるだろうかと、邪《よこしま》なことを考えた。そしてそのすぐあとに、延ばせば延ばすほど、絶望が深くなることを思い出す。

「……駄目だよな。このままじゃ」

ふう、と溜息を吐き、ボディーソープを取った。欲望を吐き出し、自己嫌悪に苛《さいな》まれながら着々と現実に戻っていく。

先延ばしにしないほうがいいと言い聞かせる裏側で、週末の約束のことを考えた。罪悪感に苦しみながらも自分はきっと、その日が終わるまで言えないでいることも分かっていた。どこまで意気地がないんだか。

身体を洗い、完全に平静を取り戻してから浴室を出た。

リビングに戻ると、眞田はソファに座ったままさっきのタブレット端末を眺めていた。スウェットの下だけ穿《は》き、上半身はTシャツのままだ。

まだ暑いのか、心なしか顔が上気している。ピンク色をした肌が色っぽく、性懲りもなく心臓が跳ね上がる。

部屋に戻ってきた伊吹に視線を寄越し、相変わらず柔らかい表情で笑い、それからまた画面に目を落とした。

「……なんか、マッサージしてもらって血行がよくなったのかな。暑くて」

自分でも顔が赤いのが分かるのか、眞田が自分の頬《ほお》を撫で、恥ずかしそうにそう言った。

土曜日は快晴だった。冬の空はカラッと晴れ上がり、風もない。

眞田が早起きをして張り切っていた。朝食の支度をしている伊吹の隣で、味噌汁《みそしる》の火の番をしているのが可愛らしい。

「お昼はガッチリとパンケーキを食べたいから、朝は軽めにしておこう」

丁寧語が混ざっていた口調はすっかりタメ語になり、それが距離の近さを感じさせて、朝から嬉しい。

「そうですね。でもそう言っておいて、食べ過ぎないように」

「伊吹さんの作るご飯が美味し過ぎるのがいけないんだと思う」

「欲望にけっこう忠実ですよね、眞田さん」

一方伊吹のほうは未だに丁寧語のままだが、話す内容には多少の遠慮のなさが出てきていた。人にも場所にも馴染《なじ》むのに時間が掛かる伊吹だが、四日も一緒に寝泊まりしているのだ。慣れてきたのもあるし、何より眞田の醸し出す、柔らかい空気のせいでもある。

二人で朝食の準備をし、向かい合って食べ、それから出掛ける支度に掛かった。

電車に乗り、目的地へ向かう。小春日和《びより》の風は気持ちよく、土曜の午前中の電車は空《す》いていて、中は暖かい。絶好のデート日和だと思った。

窓の外を見ている眞田の口元は相変わらず口角がほんのりと上がっている。クリニックで隣の席をそっと覗き見た、あの時と同じだった。

改札を出て、大通りから細い路地を抜け、玩具博物館へ到着した。小学校の校舎をそのまま使った建物は、自分が通った学校でもないのに、何処となく懐かしく感じた。

「学校って、造りが何処も似ているから、なんとなく懐かしい感じがするね」

眞田も同じことを思ったらしく、そう言って、グラウンドの隅にある鉄棒を指した。

「僕の行っていた学校は、あの隣に雲梯《うんてい》もあった。奥にウサギ小屋があってさ」

「あ、俺んところもありました。ウサギ小屋。……でもウサギを見たっていう記憶がないな」

「僕はある。生き物係だったから。家からキャベツとか人参《にんじん》とか持っていった。あと、学校に来る時にたんぽぽを取ったたな」

「へえ。たんぽぽ」

「そう。なかなか懐いてくれなくてさあ。僕が小屋に入ると一斉に隅に逃げられて。何が一番好きなんだろうって、毎日違うものをあげて試したり。寄ってきた時は嬉しかったな。あの、口をモゴモゴさせるのが可愛いよね」

ね、と首を傾《かし》げるようにして下から覗いてこられ、「メッチャ可愛いです」と即答した。

学校の思い出話を聞きながら玄関に入る。トロフィーや表彰状が入っていたと思われるガラスケースの中に、ロボットが数体立っていた。幼児の背丈ぐらいあるそれらは、リアルタイムで観たことはないが、伊吹でも知っている戦隊アニメのヒーローだ。

あ、と子どものような声を上げ、眞田がガラスに近づく。顔をくっつけるようにして中を覗いている横顔を、伊吹も笑顔で眺めた。

「ジャンボマシンダー。凄く綺麗な状態だ」

「そうなんですか」

「うん。あの顔は初期のオリジナルだ。復刻版だともうちょっと横長なんだ」

「へえ……」

ロボットの足元には、付け替え用の腕や、車が並べてある。ミサイル状のもの、アームになっているもの、車も足を外して合体させるらしい。眞田はそれの一つ一つを伊吹に説明し、より強く、より恰好よく見せる組み合わせを教えてくれた。

「あの腕、本当に飛ぶんですか？」

「飛ぶよ？　凄い勢いで。装着してあの赤いボタンを押すと、凄い勢いで飛んでくる」

「当たったら痛そうですね」

「うん。玩具レベルを超えてると思う。だってロケットパンチだもの」

入口から魅力的な玩具に出会い、上機嫌の眞田と廊下を進んでいく。土曜の午前中の博物館はまだ人も少なく、親子連れや友だち連れの学生がちらほらいるだけで、ゆったりと見て回れた。

テーブルゲームのある教室では、伊吹と眞田とで対戦した。テーブルの脇に四本付いている棒を回転させると、中にある人形がそれぞれ動き、それでボールを回しシュートさせるサッカーゲームだった。

やったことのない伊吹に眞田がやり方を教えてくれた。繰り出されるボールの動きはかなり早く、ガチャガチャいわせているうちに、眞田が抜いていく。器用に棒を回転させ、絶妙なパス回しで、阻止しようとする伊吹を簡単に躱《かわ》し、シュートしてくる。

夢中で対戦をしているうちに、周りに人が集まってきて二人の試合を観戦していた。中学生ぐらいの子どもたちがやり方を教えてくれと言ってきて、眞田が笑顔で承諾する。

そのうち対戦しようということになり、眞田と伊吹対中学生四人で試合をした。四対二というハンデだが、伊吹が役に立たないため、実質四対一ということになる。

「伊吹さんはここだけ死守して」

「はい。頑張ります」

「行った、行った。守って!」

反射だけで力任せにボールを送ってくる中学生グループに対し、伊吹は必死にゴールを守り、眞田が鮮やかなボールさばきでカウンター攻撃を仕掛ける。試合はいい勝負で、お互いに点が入る度に声が上がり、いつしか夢中になって遊んでいた。

五点先取の試合を二回やり、終わってみればこちら側の連勝だった。中学生相手に眞田は大人げないほど大喜びし、「やった。勝った!」と高らかに宣言して中学生を悔しがらせていた。

人はどんどん集まり、賑《にぎ》わってきたところで次の人にゲームを譲り、別の教室へ向かった。どのエリアに入っても眞田は全身全霊で遊び、巻き込まれるようにして伊吹も楽しんだ。

体育館に入ると、そこは電車模型の展示場になっていた。六つに分かれたエリアでは、精巧な造りの街並みや森、未来都市のようなジオラマの中、正確に縮尺された鉄道模型が滑らかに走っていた。

「ほらほら、こんな小《ち》っちゃい。店の中にも人がいるよ」

小さな模型を見つめ、眞田が感嘆の声を上げる。何処まで趣味の広い人なのか。走る電車の名称まで正確に覚えているらしく、興奮した様子でそれらを伊吹に説明してくれた。

途中トイレに行った伊吹が体育館に戻ってくると、眞田は誰かと話をしていた。眞田が何かを質問し、聞かれた人が真剣な顔で答えている。

遠巻きにそれを見守っていると、不意に声を掛けられた。振り返ると、若い男の人が立っていた。

「あの、イブキリュウ先生ですよね。『若頭』の」

眞田のところには声が届かない距離にいることを確認し、小さく頷く。

「あ、やっぱり。さっき別の教室で見かけて、そうじゃないかなって思ってたんです。先生の本、読んでます。ファンです」

にこやかに言ってくるのに、「ありがとう」と対応した。手帳を出され、サインをと言われ、応じた。

「本を持っていればよかったんですけど。手帳なんかですみません」

「いえ」

「サイン会なんかしないんですか？　そうしたら俺、行きますんで」

「あー……、今のところそういう予定はありません」

そうですか、と男性は答え、礼を言って去って行った。「次作も期待しています」と言われ、こちらからも頭を下げた。

手帳を鞄《かばん》にしまいながら去っていくのを見送り、そういえば、そろそろ次の話のことも考えなければと思い出した。現実はすぐそこに迫っている。幸せに浸り、逃げてばかりもいられない。

ファンだという人の姿が見えなくなり、体育館のほうへ目を移すと、眞田がまだ先ほどの人を話していた。楽しそうに模型の説明を受けている眞田に近づいていく。

「あ、伊吹さん。今レイアウト・ジオラマのことを聞いていたんだ。こちら佐藤《さとう》さん。鉄道模型クラブの方だそうです」

どうもと顎を引く伊吹に、紹介された佐藤という人もにこやかに挨拶《あいさつ》をしてきた。

「あっちのエリア、佐藤さんが担当して作ったそうなんだ。凄いだろう」

まるで自分のことのように自慢げに話す眞田に、佐藤が照れ臭そうに、だがとても嬉しそうな顔をして笑った。この人に掛かると皆こんな風になるんだよなあと思いながら、伊吹も佐藤が作ったというジオラマを見学させてもらった。

眞田と一緒に行動していると、自然と周りに人が寄ってくる。さっきの中学生たちもそうだったし、最たるものは伊吹自身だ。

見ず知らずの中学生とゲームをしている自分に気が付き、一緒に遊びながら驚いてもいた。学生たちは伊吹を見ても何も言わず、引くこともなく、一緒に対戦し、負けて悔しがっていた。今も佐藤という、たった今会ったばかりの人が、伊吹と話をしているのだ。

これもすべて眞田が側にいるからだった。彼の持つ何者も拒まないという空気が人を寄せ付け、その中に自分も入れてもらっているのだろう。

他人を怖がらせないようにしなければと思う気遣いを、この人といると忘れてしまう。それでいて、誰も伊吹のことを怖がらないのが不思議で有難く、心地好いと思った。

体育館を後にして、理科室、保健室と、探検するように二人して回った。

何処へ入っても眞田は楽しそうに声を上げ、全力で遊ぶ。小さな幼児たちの後ろで真剣に紙芝居に見入り、おもちゃの修理屋さんを見学した。

館内に人が増え始め、気が付けば昼の時間がとっくに過ぎていた。

「けっこう遊んじゃったね。もうこんな時間になってる」

廊下にある大きな振り子時計を見た眞田が驚いたように言った。

「そういえばお腹が空いた。パンケーキを食べに行こう」

思い切り遊んだ次には食べることに気持ちを移している眞田が子どものように見えてしまい、早足で歩く眞田の後ろをついていきながら、思わず笑ってしまった。振り返った眞田が一瞬キョトンとした顔をして、それから釣られるように自分も笑い、隣に並んできた。

「楽しかった」

「はい」

会話はそれだけで、眞田は本当に？　と確かめてこなかったし、伊吹も念を押さなかった。それは、伊吹自身本当に楽しんだし、眞田もそれをちゃんと知っているからだ。

「また来たいね。今度は一日掛けて」

「……はい」

今度は返事が一拍遅れた。

「また来たいです、俺も」

眞田は「うん」と言って頷き、玄関にあるガラスケースに並ぶロボットに手を振った。


玩具博物館を出て、次の目的地に向かった。昔は通学路だったのだろう細い道を抜けて、また大通りに出る。駅へと続く道の途中に、眞田が見つけたパンケーキの店があった。

白木を基調にしたカントリー風な店で、通りに面した席はガラス張りになっている。店先に並べてあるプランターには、冬にも関《かか》わらず花が咲き乱れ、窓から覗いた店内も同じように花とレースに彩られ、春の草原のようだった。如何《いか》にも女の子が好みそうなパンケーキの有名店は、案の定女性客で一杯だ。

外にも伊吹たちの前に五組ほど並んでいて、いずれも女性だ。置いてあるベンチに座り、立って待っている客もある。週末だから遅くに昼を取ろうとする人が多いのだろう。どうやら伊吹たちは、店が一番混《こ》む時間帯にやってきてしまったようだ。

どうしようか、と眞田に目で聞いてみる。

朝食は昼のために軽くしたし、眞田も腹が減ったと言っていた。いつ入れるか分からない店の前で待つより、別の場所を探したほうがいいんじゃないか。

何より女性ばかりのこの環境に、伊吹は臆してしまっていた。こんな場所に自分はそぐわない。店にも、一緒にいる眞田にも申し訳ない。

伊吹の物言わぬ訴えに、眞田はいつもの笑みを浮かべ、「ちょっと待ってて」と、伊吹を一人置いて店内に入っていってしまった。捨て犬のようになって眞田が戻ってくるのを待つ。

「三十分ぐらいだって。案外早く空くみたいだよ」

客の回転としては、そろそろ第一の波が終わる頃だそうで、店員に聞いてきた眞田は「それぐらいなら待ってようか」と伊吹に聞いてきた。

「凄く人気のある店なんだね。ますます楽しみになった。三十分なんて、しゃべってたらすぐに経《た》つと思わない？　ここで食べたい」

そんな風に言われ、甘えるように斜め下から見上げられて、嫌だと言える伊吹ではない。

「じゃあ、……待ちましょうか」

女性客ばかりの店の前で、男二人で待つ。ほどなくして食事を終えた一組が出てきて、待っていた客が入れ替わりに入っていった。列が一つ進み、空いたベンチに眞田と並んで座る。

場違いな雰囲気に緊張している伊吹の隣で、眞田は変わらずニコニコしていた。

「何にしようかな。中覗いたんだけどさ、全部美味しそうだった。ケーキも並んでたし」

そう言った眞田が不意に席を立ち、再び店内に入ってしまった。また一人取り残されて、眞田の背中を涙目で追う。

出てきた眞田はメニューを持っていた。

「お店の人に言って、借りてきちゃった。だって凄く種類があるんだよ」

膝の上にメニューを広げ、どれにしようかと伊吹にも見せてくる。眞田と一緒に分厚いメニューを覗いた。

そこには写真付きで料理が紹介されており、ソースの種類だけでも相当な数だった。アイスクリームやフルーツソースを使ったデザート用のものから、ピザみたいにハムや野菜をトッピングした食事用のものもある。

「パンケーキ自体も種類があるね。プレーンなのも食べたいし、ブリュレも美味しそうだ」

「……本当だ。この生ハムとルッコラとチーズってのも美味しそうです」

「でしょう？　アイスクリームも六種類ある。うーん、迷うなあ」

男二人で、しかも片方はパンケーキなんぞ手づかみで食べそうな風体のおっかないのがメニューを睨み、真剣に悩んでいる。眞田の隣にいた先客が、そんな二人の姿を見て笑ったのが見えた。

「あ、よかったら先に見ます？」

二人肩を寄せ合ってクスクスと笑っている隣の女性に、眞田がメニューを差し出すと、彼女が笑顔を見せながら、「大丈夫です」と手を振った。

「私たちはもう決まっていますから」

「あ、そうなんですか。何度も来ているんですか？　お薦めってどれですかね。僕ら初めてで。口コミでここが美味しいって聞いてきたんですよ」

「ランチメニューがいいですよ。それにデザートパンケーキを別に注文するといいです」

眞田の質問に、女性が気軽に教えてくれた。

「ここはパンケーキが割と小さめだから、複数頼んでシェアするのがお薦めです」

「あ、そうか。いちごとマスカットと、どっちか迷ってたんです。両方頼めばいいのか。……小さめってどれくらい？　男二人なら四種類くらいいけますかね？」

「大丈夫だと思いますよ。私たちもそれくらいいけますから。マスカット、お薦めです」

「ブリュレも美味しいですよー」

「本当？」

甘い物好きに性別は関係ないようで、眞田と隣の女性たちとで話に花が咲いていた。

「伊吹さん、ランチメニューがいいんだって。ほら、生ハムとルッコラのやつ、今日のランチにあるよ。あとランチと別に二つずつ選んだら、全部で六種類も食べられる。やった。マスカットは決まりだね。美味しいんだって。僕はランチをどれにしようかなあ」

満面の笑みを浮かべ眞田が伊吹を振り返る。親切な常連客の助言に従い、また二人で相談をした。

隣の女性たちが先に呼ばれて立ち上がる。眞田が礼を言い、眞田の陰から伊吹も「どうも」と頭を下げた。礼を言われた二人は、眞田に負けず劣らずのとてもいい笑顔で、伊吹にも会釈を返してくれたのだった。


レースの縁取りがされたテーブルクロスの上いっぱいに、パンケーキが並んでいた。

フルーツソースが掛かったもの、シンプルなメープルバターにアイスクリームを添えたもの、薄く焼かれ、ピザのようなトッピングがされたもの。かち合わないように注文したパンケーキは六種類。それを互いにシェアしながら食べていた。

案内されたのは窓際の席だった。大丈夫なのか、外から見える場所に俺がいていいのか、営業妨害にならないのかと危惧《きぐ》した伊吹だったが、夢中で食べているうちに、そんなことは忘れていた。

口にするどの料理もとても美味しく、お互いにこれが美味い、こっちもいけると薦め合い、瞬《また》く間に減っていく。ランチに付いてきたスープが、口の中を洗い流すようにサッパリとしていて、いくらでも甘い物が入るのだった。

「マスカット、本当に美味しいね。でも僕はこっちのカルバドスソースのが一番好きかも」

アップルパイが好きだと言っていた眞田は、やはりリンゴを使ったソースがお気に入りのようで、ご満悦で食べている。

「ブリュレ、ふわふわですよ」

「本当？　どれどれ」

眞田がフォークを伸ばし、伊吹が薦めたブリュレを頬張り、蕩《とろ》けるような笑顔を浮かべる。

「……もうちょっと食べられそう？」

大方の皿が片付いたところで、悪戯《いたずら》そうな目が伊吹を覗いてきた。「いっちゃいましょうか」と、伊吹も答えた。

店内は客が入れ替わり立ち替わり、ずっと満席状態だ。九割が女性客で、男二人でいるのは伊吹たちしかいない。伊吹の姿が窓の外から見えても客はやってくるし、近くの席に着いても特に気にする様子もない。伊吹の周りにドーナツ現象は起こらず、客は皆目の前のパンケーキに夢中だった。そして伊吹もまた、眞田と二人の食事を楽しむことに没頭していた。

「食べたねえ」

追加注文した皿も綺麗に食べつくし、お茶を飲みながら、眞田が満足そうな溜息を吐いた。

「眞田さん、頑張りましたね。俺より食べてたし」

「そりゃ、メニュー全部を食べつくす勢いで来たんだもの。お腹空かせてきてよかった。甘い物は別腹だよ。でも本当美味しかった。ここを選んで正解だったね」

「はい。俺も満足です。夢が一個叶《かな》った」

伊吹の言葉に眞田が「また大袈裟《おおげさ》な」と笑った。

「また食べに来ようよ。他にも行きたいところをピックアップしてさ」

「そうですね」

相槌を打ちながら、窓の外を眺めた。こんな風に眞田と連れ立っていろいろなところへ行けたらどんなに楽しいかと思う。

何処でも何をしても、特別なイベントに変えてしまう眞田と一緒にいれば、伊吹もさまざまな体験ができ、楽しい思いができるだろう。食事一つにしても、これほど楽しいのだ。眞田といると、自分のコンプレックスを感じなくて済む。眞田の側にいるだけで、周りの人は伊吹をも受け入れ、気負わずにそこにいることができるのだ。

何より二人で過ごすこの瞬間が幸せだ。こんな時間をこれからも過ごすことができたなら。

「眞田さん」

だけどそれを望むためには、伊吹は眞田の誤解を解かなければならない。真実を告げるのが恐ろしく、今日の日を最後と思い、こうして黙ったままここに来てしまったが、終わりにはしたくないという思いが性懲りもなく湧き上がってくる。

今本当のことを言ったら許してくれるだろうか。眞田の善意を利用したことを憤るかもしれないが、誠意を持って謝れば、眞田は許してくれるのではないだろうか。虫がよすぎる話だが、一縷《いちる》の望みに縋《すが》りたい心境に陥っていた。

ティーカップを口に持っていこうとした眞田が、伊吹の呼び掛けに顔を上げた。次の言葉を待ち、その視線が真《ま》っ直《す》ぐ伊吹に注がれる。

「何？」

「あの、俺、実は……」

息を吸い、言葉を選び、……だけど言いきれずに、こちらに向けられる視線を避け、また窓の外を向いた。

「ええと……」

午後の陽が外のプランターに注がれていた。色とりどりの花と、のんびりと歩道を行き交う人の姿が映る。駅から続く大通りにある歩道は週末の午後らしく、道行く人の歩調もゆったりとしている。

悲壮な決心をしている伊吹の心情とはかけ離れた平和な風景があり、一瞬心が萎《な》えそうになる。いや駄目だ。一旦《いったん》気を落ち着けようと目を瞑る。

言わなければ。言って、謝らなければ。自分を奮い立たせ、大きく息を吐き、ゆっくりと目を開けた。

「……あれ？」

決心を固めようとしている伊吹の目に、異様な物が映った。

窓の外、歩道を行き来する人の波が大きく割れ、真ん中を男が一人歩いてくるのだ。

進んでは道の脇に寄り、店舗を覗いている。探し物でもしているのか、じっくりと中を覗いたあとまた進み、次の店を覗いた。そのたびに人の波が動き、男のための花道ができあがる。

黒のロングコートの前を開けたまま、中も黒のダブルスーツだ。縦も横も大きくがっしりとした体格は、ぶつかる前から避けたくなるような異様な威圧感を放っている。角刈りの額は広く、鬼のように剃り上げられていて、下にある眉が厳しく寄せられていた。

異常な緊張感をまき散らしつつ、一軒一軒店を覗きながら、男が近づいてくる。顔が判別できる距離まで来ると、迫力も倍増した。風体はどう見ても暴力団の幹部クラスで、これから殺人でもするのかと思うような目つきで何かを探している。

やがて伊吹のいるパンケーキ店の前までやってくる。窓から中を覗いてきた男と視線がかち合った。

「……オヤジ」

刺すような目で伊吹を見つめ、視線を外さないまま男の顎が上がる。

「なんだ……？　なんでここが……」

茫然《ぼうぜん》と窓の外を見ている伊吹に、男がもう一度顎で外に出ろと促してきた。観念して席を立つ。グズグズして店の中に入ってこられたら大変だ。店内が爆弾でも持ち込まれたような騒ぎになる。

「眞田さん、すみません。ちょっと待っていてもらえますか？」

眞田に話す間にも、ガラスの外から伊吹の父親が睨んでくる。逃げようもんなら撃ち殺すぞと言わんばかりの眼光だ。

「伊吹さん」

「すぐに済みますから。本当にすみません」

心配そうな顔で見上げてくる眞田に頭を下げ、そそくさと店を出た。

「どうしたんだよ、オヤジ」

仁王立ちしている父親の腕を摑まえ、離れたところに引っ張っていく。伊吹一人でも目立

つのに、親子で向かい合う光景は、間違いなく通報レベルだ。

「やっと見つけたぞ。この野郎、逃げ回りやがって」

唸《うな》るような声を上げ、父が息子を睨《ね》め上げる。本物の迫力は流石と言うしかなく、仰《の》け反《ぞ》りながら、それでも意味が分からず「何の用なんだよ」と反論した。

「俺を探していたのか？　なんで？　っていうか、だいたいなんで俺がここにいるって分かったんだよ」

突然の父親の登場の、何もかもが納得できない。この親から逃げ回った覚えなどないし、自分を探す理由も分からない。第一どうしてここにいるのか。

「まさか俺の身体にＧＰＳとか仕込んでんじゃないだろうな」

この親ならやりかねないとも思うが、もしそうだとして、そこまでされる理由も分からないのだが。

伊吹の嫌疑に親父は「馬鹿が」と一蹴《いっしゅう》した。

「俺の仕事舐めんなよ。その気になりゃ、お前の居場所なんざ、すぐに分かるんだよ」

伊吹の父の職業は警察官だ。組織犯罪対策部、所謂《いわゆる》マル暴と呼ばれている。

暴力団撲滅を旨に、日々彼らとの抗争を繰り広げている父の出《い》で立ちが、まるっきりあちら側になってしまっているのは、やつらに舐められないためにと対抗してきた結果だった。

解せない心理なのだが、父の同僚もまた、似たり寄ったりな風貌《ふうぼう》をしているところを見ると、敵対する者同士、何がしかのシンパシーが存在するのかもしれない。大物の摘発のためなら相手を陥れることも平気でやってのけ、危険も厭《いと》わない父たちのやり口を見ていると、案外根っこのところは一緒なのかもと思うところもある。

伊吹の書く『若頭シリーズ』が、奇想天外な展開を見せながら、人物描写に妙にリアリティがあるのも、すぐそばにネタ元がいたからに他ならない。

そのネタ元が、鬼の形相で息子を探していたというのだ。

「その先の『玩具博物館』に行っただろ」

「ああ。でもなんで……？」

「そこでお前声掛けられて、その人にサインしただろ？」

親父がポケットから携帯を取り出し、それを伊吹に見せてきた。

——〇〇市の玩具博物館でイブキリュウに会った。すげえカッコよかった。頼んだらサインくれたよ。いい人だー。

「あ……」

「ツイッターっていうんだろ？　便利だな、これ」

顔文字と共に、午前中伊吹がサインをしたことが呟《つぶや》かれていた。声を掛けられた博物館の展示物も添付されている。

「リアルタイムで呟いていているみたいだったから、取りあえずその博物館っていうのに行ってみた。入れ違いになったみたいだな。あとはこの辺をしらみつぶしよ。昼頃にそこを出たならこの辺で飯食ってるかもってな。まあ、刑事の勘だ」

鼻の穴を膨らまして親父が威張っている。

「お前、旅に出るって言って行方《ゆくえ》くらましたそうだな。佐田《さだ》さんが俺に連絡を寄越してきたんだよ」

「佐田さんが」

「えらい心配してたぞ。電話しても応答ないって」

佐田と親父とは時々飲みに行く間柄だった。伊吹に対しては「極道をこんな書き方しやがって」と悪態を吐いたが、親としては息子の活躍が嬉しかったらしく、本もドラマのＤＶＤもすべて購入している。同僚に自慢したい親父は、息子には直接頼まず佐田に連絡し、サイン本をゲットするという回りくどいことをやり、佐田とはそれ以来の仲らしい。

「旅行に出るならちゃんとやることをやってから行け。しかも連絡すんななんて言われたらそりゃ慌てるだろうよ。次の本のことで強引過ぎたって、佐田さんが気にしていたぞ。なんだ、今の仕事に文句でもあんのか」

「いや、そういうことじゃないんだけど」

「だったら悪戯に人を振り回すな。いい大人だろ。電話ぐらい出ろ、この馬鹿野郎が！」

恫喝《どうかつ》されて項垂《うなだ》れる。佐田からの着信は携帯に頻繁に入っていた。だけど対応するのが面倒で、大丈夫です、とメールで簡単な返事をしたきり、携帯の電源を切っていたのだ。

「行き詰まることだってあるだろうさ。それは分かる。けど、逃げるのは駄目だ。俺が許さねえ。行くなら締めるところをきちっと締めてから行きやがれ。やることやったら何処で野垂れ死にしようが構わねえ。いいな！」

ロングコートがずい、と一歩近づいた。成長の途中で親の身長を追い越した伊吹だが、貫禄《かんろく》は到底敵《かな》うところにない。剣道と空手で鍛え上げられた体軀《たいく》が目の前に迫る。

人に迷惑を掛けることを何よりも嫌う父親だ。今にも殴り掛かりそうな勢いで、「分かったか」と唸るように念を押したその時。

「組長さんっ！」

悲鳴のような声と共に、二人の間に突然眞田が飛び込んできた。

「彼を責めないでやってください。僕が……っ、僕が無理に彼を連れて行きました！」

「……なんだ？　あんたは」

「眞田と申します」

眞田が伊吹を庇うように親父の前に立ちはだかった。

「あの、伊吹さんを解放してあげてください。彼は足を洗いたがっています」

「……は？」

「義理もしがらみもあるんでしょうけど、簡単に抜けられないっていう事情もあるんでしょうけど！　ここは、彼の意思を尊重して、自由にさせてあげてください」

「おい、龍之介《りゅうのすけ》、何言ってんだ？　この人は」

　呆気にとられた親父が伊吹に聞いてくる。

「眞田さん……、あの、……」

「彼はまだ若くっ、十分に社会復帰できます。彼の将来を潰さないでやってください。どうか、彼が堅気になることをお許しください！」

「堅気って、こいつはだって……」

「っあー！　話は分かった。俺が悪かったからオヤジ、今日のところは帰ってくれ」

　親父の声を遮り、自分を庇うように立っている眞田の肩に手を置き動かそうとするが、足を突っ張った眞田が動こうとしない。仕方がないので眞田の肩越しに、親父に声を掛けた。

「俺、ちゃんと佐田さんに連絡するから。それから部屋にも戻る」

「伊吹さんっ！　いけません」

　親父を説得に掛かっていた眞田が、今度は伊吹を止めてくる。

「せっかく足を洗おうと決心したんじゃないか。ここで連れていかれたら、何をされるか分からないんだよ。伊吹さんの気持ちが覆るまで、よってたかって殴ったり蹴ったりされるんでしょう？　ゆびっ、……指とかもがれたら」

「……おい、眞田さんとやら……」

「麻酔もなしで、ザンッて切っちゃうんですよっ。いぃい痛いじゃないですか、まだ使えるのに……っ、嫌だそんなの。指だけじゃ納得してくれなかったらどうするの。こっ、コンクリートに詰められて、海に沈められ……っ」

「大丈夫ですから。眞田さん、危ないこととかないですから」

「分からないじゃないか。こういう人たちは、手段を選ばないから」

大丈夫だから、心配ないからと宥《なだ》める伊吹の腕を掴み、「駄目だ」と首を振る眞田の目には涙が浮かんでいる。

そんな二人を、伊吹の親父が啞然《あぜん》とした様子で眺めていた。

「とにかくオヤジ、ここは一旦引き上げてくれないか。絶対に今日中に佐田さんには連絡するし、仕事のことも、……ちゃんとする。いい加減なことをして悪かった」

この場はとにかく眞田を落ち着かせるほうが先だ。

突然の乱入者に気勢を削《そ》がれてしまった親父は、曖昧な顔のまま、「ああ……」と頷いた。

首を傾げながら去っていく親父を眞田と二人で見送り、安堵《あんど》の息を吐く。

取りあえず、親父の口から自分の素性がバレることは避けられた。だが、それがいいことだったのか？　と思うと、それも心許《こころもと》ない。いっそあのますべてが明るみになったほうがよかったのではないか。いや、親父のいる前でこれまでの経緯を説明するのも難しい。下手をしたら事はもっと大きくなっただろう。眞田は取り乱しているし、親父は怒った上に呆《あき》れているし、この二人を同時に言葉で納得させる力量は、伊吹にはない。

「眞田さん、大丈夫ですか？」

隣に立っている眞田は茫然としたまま、小さくなっていくロングコートを見送っている。眼鏡の奥の目は未だ大きく見開かれ、顔は青ざめていた。怖かったのだろう。

伊吹自身の風貌も相当なものだが、親父のあれには年季と本気が入っている分、その破壊力はハンパない。街を歩いていて同業者の警官に職務質問をされるぐらいなのだから、父の極道オーラはある意味本物だと言えるのだ。

そんな親父を前に、眞田は伊吹を庇おうと必死になっていた。その姿に感動すら覚え、感謝と共に、こんないい人を騙《だま》しているのだという罪悪感が込み上げ、苦しくなった。

「取りあえず、行きますか」

「何処へ……っ？」

伊吹の声に、眞田がビクリと反応した。見上げてくる目が不安げで、一旦離した腕をまた摑んでくる。

「部屋に戻る」と父親に言ったため、このまま伊吹が行ってしまうと危惧したのかもしれない。袖《そで》を握っている手が、容易なことでは離さないと言っているようだ。

その顔を見て、ようやく決心が固まった。父の言った通り、自分はやるべきことを何もせず、逃げた挙句に佐田も親父も、それから眞田をも振り回している。

「……ちゃんと話がしたいので」

博物館からここへ来るまでの途中に、公園があった。立ち話で済む話ではないから、そこへ行こうと促すと、眞田が小さく頷いた。摑んでいた手がようやく離れ、だけど不安そうな顔つきは変わらない。

歩きながら、店を出る時に会計を済ませてきたと聞かされ恐縮する。「払います」と言ったが、眞田は頑《かたく》なに首を横に振った。

道を折れ、さっき歩いた通学路を戻り、公園に入る。隅にあるベンチを選び、眞田を座らせ、自分も隣に腰を下ろした。

飲み物でも買ってこようかと腰を浮かしかけ、眞田が何処に行くのかと、縋るような目で見上げてきたので、大人しく腰を下ろす。

パンケーキをたらふく食べて、喉《のど》まで腹いっぱいだったし、この期《ご》に及んで時間稼ぎをしている自分が情けないと思った。

「すみません。俺、嘘吐いていました」

言葉を選ぶことをやめ、まずはそれだけ言って頭を下げた。膝に両手を置き、深く頭を下げている横で、眞田がこちらを見ている気配がする。

「俺、極道なんかじゃありません。さっきの人は正真正銘、俺の父親です。組長じゃありません。渋谷《しぶや》のガード下で声を掛けたあれは、ハッタリでした。絡んでいた三人を追い返そうとして、やくざの振りをしました。……俺はやくざじゃありません」

「え……？」

下を向いたまま一気にそこまで言う。戸惑う声が聞こえたが、眞田はそれ以上何も言わず、伊吹の次の言葉を待っていた。

「誤解させているのを分かっていて、訂正しないまま今まで黙っていました。……本当にすみません」

下げた頭を更に深くして謝る。

「……誤解」

声はごく小さな呟きに近く、眞田はそれを口に出すことで、現実を確かめているようだ。

「ええと、……ちょっと待って。伊吹さんはやくざじゃない？」

「……はい」

「え、でも……、よく分からない。やり直したいって言ってたよね。何？　足を洗いたいとかじゃなく……？」

「その辺は、本当、俺が……誤解させたまま何も説明もせず……」

戸惑ったままの眞田の問い掛けに、伊吹も頭を上げられないまま答えた。

「じゃあ説明してくれる？　何をやり直したかったの？　やくざじゃないって、……じゃあ伊吹さんは、いったい何者なんだ？」

矢継ぎ早の質問は、詰問調になっていた。戸惑う声には僅かだが、確かに怒りの色が混ざっていた。

「伊吹さん。説明してほしい。こっちを向いてくれないかな」

厳しい声にようやく頭を上げ、恐る恐る眞田を見る。大きく見開いた目が真っ直ぐに伊吹を捉《とら》えた。

「すみません……」

「謝るのはいいですから。説明してください」

伊吹の謝罪をピシャリと遮り、そう言われた。声は固く、丁寧語に戻っていることが、眞田の怒りを伝えてきた。

「今の仕事で、考えることがあり、やりたい仕事と薦められる仕事との方向性が違い、どうしようかと思っているっていう意味だったんです。レストランで説明をしようと思ったんですが……」

「伊吹さんの仕事ってなんですか？」

伊吹の言い訳がましい言葉を眞田が再び遮った。謝罪も言い訳もいらない、真実だけを言えと、真っ直ぐな目が命令してきた。

「……小説を書いています」

いつもほんのりと両端を上げていた唇は、今キッチリと閉じられている。眼鏡の奥にある優しげな瞳《ひとみ》もきつく、刺すように伊吹に注がれていた。

「……酷《ひど》いな」

表情が消えたまま、ずっと伊吹を見つめていた視線が外れ、溜息と一緒に声が聞こえた。

「誤解して、一人で騒いで。伊吹さんはそれを見て、面白がっていたわけですか」

「違います！」

大きな声で否定すると、前を向いたままの目が一瞬こちらを向き、すぐに逸《そ》らされた。

「本当にすみませんでした。何度も言おうと思ったんですが……」

「そうですね。言う機会はたくさんあったと思います。レストランでのあの時じゃなくても。だって、時間はありましたよね。何日間？　僕の部屋に伊吹さんはいて、一緒に食事をして、朝も夜も一緒にいました。その間に言えたと思いませんか？」

「そう……思います」

「でも敢《あ》えて言わなかった。それはどうしてですか？」

真っ直ぐに聞かれ、言葉に詰まってしまった。

「確かにレストランで、伊吹さんは今と同じようなことを言っていました。言わなくていいと遮ったのは僕です。それは僕が伊吹さんがやくざだと誤解していたからです。裏の社会だ

から、素人《しろうと》の僕には言えないんだろうと、勝手に解釈しました。でも伊吹さんはそれが誤解だと分かっていて、わざと訂正しなかったんですよね」

部屋に誘われ、一緒に住もう、匿《かくま》ってあげると言われ、そこでも言えなかった。それは確かに伊吹の中に、邪な作為があったからだ。言えばここにいられなくなる。口下手だから、言う機会がなかったからというのは自分に都合のいい言い訳で、伊吹は結局、眞田の善意を利用した。

「さっきの人、本当のお父さんだったんですね。……考えてみたら、似ていたかも。なんだ。それを『組長』だなんて言って。必死になって……。なんでもっと早くに言ってくれなかったんですか。僕一人、馬鹿みたいだ」

「そんなことはないです。本当に……」

「馬鹿みたいですよ。そりゃあ、僕は単純で、思い込みが激しいところがありますが、こんな酷い……嘘を吐かれたのは初めてです」

眞田の怒りは尤《もっと》もなことだと思う。言い訳のしようもない。一緒にいられることがただ嬉しく、黙っている時間が長くなればなるほど自分の首を絞めるのを分かっていて、言い出せなかった。

「小説家さんだったんですか。凄いですね。ペンネームを聞いてもいいですか?」

「それは……」

眞田が嫌いだと言っていたドラマの原作者だとは言えず、躊躇《ちゅうちょ》する伊吹を、眞田が冷ややかな目で見返してきた。

「それも秘密ですか。……いいです。聞いても仕方がないですから」

そう言い放ち、眞田が立ち上がった。

「申し訳ありませんが、今はちょっとあなたと話したくないです」

一緒に立ち上がった伊吹を一瞥《いちべつ》し、眞田はすぐに前を向いた。口端がすい、と上がるが、いつものあの柔らかい笑顔とはまるで違う。

「それに、一緒にいる必要もないですよね。家に帰っても危険なこともないみたいですから」

こんな風に嫌味を言う眞田は初めてだ。それほどこの人を怒らせてしまったんだなと思う。

「帰ります」

こちらを見ないまま、眞田が歩き出した。去っていく背中に黙って頭を下げる。足音が聞こえなくなってもその姿勢のまま、ずっと頭を下げ続けた。

『いい設定だと思います。新キャラも登場して、記憶のない若頭をサポートしていくのが無理のない流れで。結局は足を引っ張ってるっていうのが面白いですよ』

電話の向こうから、相変わらず明るい声が聞こえた。

眞田の怒りを買い、公園で別れてから半月が経っていた。伊吹は自分のマンションに帰り、佐田に連絡をし、詫《わ》びを入れた。

眞田と別れたあと傷心の旅に出る計画は結局頓挫《とんざ》し、伊吹はその日の夜から仕事に入った。そして出来上がったプロットを提出し、その返事をもらっているところだった。

『まず相棒のほうがマドンナに惚《ほ》れて、マドンナは若頭に惚れてっていうパターンね。ベタだけどコミカル要素としても悪くない。その辺が今までと違うところですね。新キャラもよく練り込んであります。愛すべきキャラって感じで、とてもいいです』

「ありがとうございます」

『若頭とのキレのいい絡みを期待していますよ』

「はい、頑張ります」

突然行方をくらましてしまったことを謝る伊吹に、佐田はあっけらかんと笑っていた。十年の付き合いになる担当は、伊吹の胆が小さいことも、あの父親の息子が滅多なことで自棄《やけ》を起こせないこともお見通しだったようだ。

親父からだいぶ心配をしていたと聞かされたが、伊吹本人にはそんな素振りも見せず、いつもと変わらず明るい声で、淡々と接してくれる。有難いことだと思う。

『じゃあ締め切りは……、と。締め切り前にいなくなるのは勘弁してくださいよ。失踪《しっそう》する時は事前に場所を教えてください。まあイブキ先生の場合は、追跡のプロがいますから、心配ないですけどね。あはは』

……こういうところも相変わらずなのだが。

『では若頭のほうはこれで進めていくとして。……もう一つのほうですね』

佐田の声が改まり、幾分背筋を伸ばして次の言葉を待つ。注文を受けていた若頭シリーズともう一つ、伊吹は別の話のプロットも提出していた。冒頭の部分はすでに書き始めており、見せ場になる具体的なシーンと共に、佐田に送っていたのだ。

『拝読しました。今までとはまったく違うテイストですね』

任侠《にんきょう》物とも警察物とも違う、純粋な恋愛物は、常々書きたいと思っていたものだ。やってみたいと小さな声で訴えても聞こえない。伊吹自身、忙しさにかまけ、いずれは書きたいと思いながら、そのままにしていた。それをまずは形にしてみようと思ったのだ。

『こちらも大変面白かったです。是非読みたいと思いました』

「ありがとうございます」

佐田の言葉に受話器を持ったまま頭を下げる。「読みたい」の一言は、作家にとって最高の活力源だ。

『それで、編集長と相談したんですけどね、こちら、雑誌で連載にしてみませんか?』

「えっ」

『取りあえず、春の号からということになりますが、単行本の執筆と並行していけそうです?

長さ的に一回の枚数はですね……』

驚いている電話の向こうで話が淡々と進んでいく。

書きたいという思いで提出したプロットだったから、それは願ってもないことだったが、まさかこんなに早く話が進むとは思っていなかった。

「ちょ、ちょっと待ってください」

『あ、やっぱりスケジュールがきついですか？　それなら次の号からにしましょうか。でも、乗っている時にババッと乗っかっちゃったほうがいいと思うんですけどね、僕は。連載は勢いですよ、勢い！』

佐田がいつものようにゴリ押ししてきた。話が決まってしまえばあとは一直線に押してくるのがこの人だ。

「でもあの、いいんですか？　ペンネームもそのままで？」

『いいですよ。だって書きたいんでしょう？』

「それはもう……。はい。書きたいです」

伊吹の真剣な声に、電話の向こうで笑う気配がした。

『ですよねー。ビシビシ伝わってきましたもん。じゃ、書きましょう。イブキリュウの新境地として、是非うちで書いてください。連載分が溜《た》まったら、単行本で出版しましょう』

「え、もうそんな話に？」

『もちろん評判がよかったらって話になりますけど』

「……ですよね」

『評判とりますよ！　それぐらいの気概で臨んでください』

「はい。頑張ります」

トントン拍子に話が進み、茫然としながら佐田の流れるような言葉に相槌を打ち、打ち合わせが終了した。

電話が切れた時には、若頭の新シリーズと、雑誌の連載用の原稿二つを書くことが決まっていた。……やはり佐田には敵わない。

「さて、と……」

携帯を机の脇に置き、すぐさまパソコンに向かう。打ち合わせの間にスクリーンセーバーになっていた画面が、マウスを動かすと共に、原稿用紙に変わった。

二本同時の原稿依頼だ。休んでいる時間はない。佐田が言ったように、書く気があるうちは、進められるだけ進めておこう。

雑念を追いやり、執筆に没頭する。創造の世界に自分を置いて、他のことを考えないようにした。それはここ半月、ずっとやっている作業だった。

眞田とはあれから一度だけメールでやり取りをした。

丁寧な謝罪文を送ると、ほどなくして眞田からも返信がきた。内容は眞田の部屋に残した伊吹の荷物のことだった。これをどうすればいいかというメールに、処分してくださいと返した。その返事は来ていない。了解という意味なのだろう。

荷物は惜しくなかったが、ただ一つ、あの日部屋に残してきた『フニちゃん』のキーホルダーが心残りだった。眞田と一緒に出掛けたため、あれを置いてきてしまったのが残念でならない。

だけど荷物を取りに行き、その上『フニちゃん』をください、とは言えなかった。二人で過ごした数日間の記念に是非欲しかったが、そんな図々しいことを言えるはずもない。

伊吹は眞田を愚弄《ぐろう》したのだ。本人にそんな気持ちはこれっぽっちもなくても、それはこちら側の言い逃れだ。「馬鹿みたいだ」と言いながら伊吹を見つめてきた目には、確かに屈辱の色が浮かんでいた。

あれほど純粋な人を傷付けてしまった。言葉で詫びるだけでは到底足りないが、かといってどの面下げて会いに行けばいいのか。眞田の前から消えること以外、何もできることはなかった。

早く忘れてくれればいいと思う。

月曜日に渋谷で出会い、火曜日に部屋に招かれ、土曜日に正体がばれた。伊吹が眞田の部屋に寝泊まりしたのは、一週間足らずだ。その間、とんでもなく失礼な嘘つきに振り回されたと、誰かに愚痴を聞いてもらい、最低なやつだと笑い飛ばすぐらいになってほしい。嫌なことは早く忘れて、何事もない日常に戻ってほしいと思った。

パソコンの前に噛《かじ》り付き、集中が切れたところで一旦休憩に入る。コーヒーを淹《い》れ、リビングのソファに座り、テレビを点《つ》けた。

夕方のニュース番組が始まったところだった。その日の主なニュースの進行を短く羅列したあと、今日の特集はと続く。女性に人気のスイーツ店の紹介だった。

首都圏を中心に、よく行列のできる店の名と映像が出てくる。パンケーキ店も映し出され、身を乗り出して見入るが、眞田と行った店ではなかった。あそこは本当に美味しかったなあと、フワフワフワした生地と様々なフルーツのソースを思い出す。

今の執筆が一段落したら、お菓子作りをしてみようか。アップルパイを作ってみたい。作れるかと聞かれ、作れると、そこでも嘘を言ってしまった。せめてそれぐらいは真実にしておきたい。証明する術《すべ》はないけれど。

テーブルの上の卓上カレンダーに視線を移す。金曜の今日は、眞田は新宿《しんじゅく》エリアを回っているはずだ。今頃は営業を終え、浅草橋《あさくさばし》の会社に帰っている時間か。

「フニちゃん……」

カレンダーの横に置いてある熊の人形に呼び掛けた。あのキーホルダーよりも少し大きい

『フニちゃん』が、ダイニングテーブルの上に鎮座している。半月前まではただの「熊」と呼んでいたのが、ここに帰って来てから名前が付いた。

部屋の至るところにある『フニちゃん』たちは、あれ以来数は増えていなかった。

合鍵に『フニちゃん』を付けてくれながら、眞田は『フニちゃん』が如何に『フニちゃん』であるかを懸命に説明していた。あの時の眞田の顔を思い出し、知らず微笑《ほほえ》んでいる自分に気が付く。

あの時だけではない。眞田と過ごしたすべての出来事を思い出す度に、笑みが零《こぼ》れ、温かいものに満たされる。

打ち合わせで佐田に褒められた、若頭の相棒として登場した新キャラも、実は眞田がモデルだった。愛すべきキャラと言われたことが嬉しい。若頭を助け、時々は騒ぎを起こし、若頭の頼もしい相棒として育っていってほしいと思った。

テレビの情報が横滑りし、いつの間にかニュースが終わっていた。三十分以上ボーッとしていたらしい。コーヒーも一口啜《すす》ったまま、もう湯気も上がっていない。

冷めたコーヒーを持って、書斎に戻った。パソコンの前に座り、画面を呼び出す前に、置きっぱなしにしてあった携帯を確認する。不在着信が一件入っていた。

誰からだろうと画面を開き、そのまま固まる。眞田からだった。時刻を確かめると、五分前になっている。留守電に伝言は残っていなかった。

携帯を持ったまま部屋の中をウロウロと歩き回る。折り返し電話をしたほうがいいだろうか。だけど実はポケットに入れていて、たまたま誤作動で発信したものとかだったらどうしよう。電話なんかしてないし、何の用だなんて言われたら、怖い。メールを送ろうか。お電話をもらったみたいですけど、どうしましたか。しかし向こうが電話をしてきたのに、メールで返すのはどうだろう。失礼に当たらないだろうか。もう一度鳴るのを待ってみよう。……だが、着信があったのに返事を待つ姿勢は不遜《ふそん》だと思われそうだ。着信に気付いたらすぐに電話寄越せよと思っているかもしれない。やはり電話をしてみようか。

グルグルと迷っていると再び携帯が鳴り、驚いて携帯を放り投げそうになる。慌てて受け止め、画面に見入る。眞田の名前があった。

出る覚悟のないままボタンを押す。切れる前に出なければという気持ちしかなかった。静かになった携帯を耳に当てたまま、無言で固まる。声は出ず、過呼吸のようになった息だけが漏れた。これが自分から掛けたものなら、ただの変質者だ。

『伊吹さん……、ですか？』

静かな、柔らかい声が聞こえた。電話に出たきり何も言わない相手に、不安になったものらしい。

「…………はい」

ようやく返事をすると、向こう側からも息を吐く音が聞こえた。

「すみません。先ほどもお電話をいただいたようで。折り返し電話もせず……」

『いえ、いいんです。ええとですね……』

「はい」

『伊吹さんの、荷物のことなんですが』

「ああ、はい」

『処分してくれと言われたんですが、その、捨てるのはちょっと、……と思い』

「……ええと」

『だってまだ使える物を捨てることなんか、僕にはできません。鞄もちゃんとした物だったし、勿体《もったい》ないです。それで、どうしようかと思い……』

「そうですか。……そうですね。では……」

一瞬、取りに行きますと言い掛けて、思い留まった。

『はい』

「お手数ですが、送ってください。もちろん着払いで結構ですから。住所を言います」

『あ、ええと、ちょっと待ってください』

何かに書き留めようとしている眞田を待ち、それから住所を告げた。

捨ててくれてもよかったのに、真面目な眞田はそれができずに困っていたのだ。自分を騙し、あざ笑った男の忌まわしい残骸《ざんがい》を部屋に置いたままでいるのは、さぞかし気分が悪かったことだろう。

今だって電話をすること自体、嫌だったに違いない。それでもきちんとしたくてこうして連絡をしてくる。申し訳ないことをした。

「わざわざ連絡をいただいて、すみませんでした。お手を煩わせてしまい、申し訳ないです」

『いえ、それはいいんですが……』

「本来なら、俺が取りに伺うべきなんですが、……合わせる顔がありません」

早く自分のことなど忘れてしまいたいだろう眞田に顔を見せて、また不快な思いをさせたくない。伊吹の声に、電話の向こうが沈黙していた。

「……あの、荷物を送っていただく時なんですが。一つ、お願いがありまして」

『はい、なんでしょう』

「眞田さんに頂いた、あの熊のキーホルダー。あれをもらえませんでしょうか」

『熊の……？』

「はい。『フニちゃん』。こんなお願いはおこがましいんですが、あれが凄く気に入っていて。もしよかったら」

『フニちゃん、ですか。……あー……』

伊吹の申し出に、眞田が困ったような声を出したから、急いで前言を撤回した。

「あ、やっぱりいいです。すみません。図々しいことを言ってしまいました。それでは荷物だけ、お願いします。いつでもいいですから」

『分かりました』

丁寧に挨拶をし、電話を切る。びっしょりと汗をかいていた。何か失礼はなかっただろうかと今の会話を反芻《はんすう》する。懐かしい声が聞けたことが嬉しいとも思った。

いつでもいいとは言ったが、律儀な眞田のことだから、明日には荷物を手配するだろう。もしかしたら今晩コンビニに持っていくかもしれない。私物だから心待ちにするものでもないが、明日と明後日《あさって》は落ち着かないだろうなと、自分の行動を予測した。何が入っているわけではない。そう言い聞かせながら、それでもきっと、届いた鞄の中に何かを探そうとするんだろう。

自分の諦めの悪さに苦笑しながら、携帯を元の場所に置き、パソコンデスクに座る。マウスを動かし、止まっていた画面が再び原稿用紙に戻った。

雑念を捨て、執筆に没頭しようと画面に見入る。自分に今できることはこれしかない。

さあ、新しいキャラをどんな風に登場させようか。お人好しで真っ直ぐで魅力的な彼を書くのが、楽しみで堪らない。


ページの半分をやっと埋めたところで時計を見たら、一時間近くが経っていた。たった十行足らずの文章を書くのに、えらく時間が掛かっている。

アイデアが行き詰まったり、一文に引っ掛かり、そこで筆が止まったりすることなどしょっちゅうだが、今の理由はそれではないと自分で分かる。明日か明後日に届くだろう荷物のことと、眞田と久し振りに会話を交わせたことに、浮かれているのだ。

取りあえず進んだところまでを保存し、画面を閉じた。冷めきったコーヒーはもう飲む気にならず、酒でも飲むかと立ち上がった。今日はこれ以上粘っても進みそうにない。

この豆腐のようなメンタルはどうにかならないものか。もう恋は物語の中で成就させ、それだけに生きようと決意を固めたはずなのに。たった一度の電話でこれだけ動揺する。

飲み残したコーヒーを捨て、冷蔵庫を開けようとしたところでインターフォンが鳴った。出版社から献本か資料の類《たぐい》が送られてきたのかと思い、気軽にモニターを覗くと、そこに眞田の姿があった。

「え、なんで……?」

モニターの前でしばし茫然とする。スーツ姿の眞田が、伊吹のマンションのエントランスに映っていた。住人の応答を待ち、カメラをじっと見つめている。

しばらく応答を待ったあと、モニターの中の眞田は小首を傾げ、再び呼び出しのボタンを押した。ピンポーン、と伊吹のインターフォンが鳴る。

恐る恐る受話器を取ると、画面の中の眞田が笑った。カメラに向かって小さく手を振っている。

『お届け物です』

カメラに向かって眞田が荷物を見せてくる。伊吹の鞄だ。

「あ……、すぐに開けます」

急いで解錠し、突然の出来事が信じられずにそのまま固まった。

眞田が今頃エレベーターに乗っている。伊吹の荷物を直接届けに、伊吹の部屋に向かっているのだ。

モニターの前にしばらく突っ立っていたが、ハッとして部屋を見回した。テーブルの上、テレビの横、キッチンカウンターの隅と、リビングの至るところに『フニちゃん』が転がっている。もし部屋に上がられて、これらを目撃されたら、大変なことになる。

あちこちに飾ってある『フニちゃん』に飛び掛かり、両腕に抱え、書斎に放り込んだ。ここにも熊やウサギや、様々な動物の『フニちゃん』が散乱していた。寝室に至っては抱き枕代わりに大きいのが寝ているが、まさか書斎や寝室を覗かせてくれとは言わないだろう。

『フニちゃん』以外のおもちゃもすべてリビングから消し、心臓をドキドキいわせているところで、もう一度インターフォンが鳴った。冷や汗を拭《ぬぐ》いながら、玄関に走る。

ドアを開けると、眞田が立っていた。

「突然すみません。荷物を……持ってきました」

伊吹のボストンバッグを掲げ、眞田がニッコリと笑った。

「……っ、あ。わざわざすみません。ええと、……どうぞ、上がってください」

声がひっくり返りそうになりながら、一応招いてみる。荷物を渡したらすぐに帰るかと思った眞田は「じゃあ遠慮なく。お邪魔します」と、まるで伊吹の誘いを待っていたように、自然に靴を脱いだ。

「あ……」

部屋に上がり、スタスタと廊下を歩いていく眞田の背中を追い掛ける。上がれと言ったが本当に上がってくるとは思っていなかった。リビングを片しておいてよかったと一瞬安堵の息を吐き、眞田の会社の商品を隠滅することにのみ没頭し、部屋自体がまるで片付いていなかったことに改めて慌てた。

「散らかっていて」

「ああ。事前の連絡もせずに突然来てしまって、すみませんでした」

「いえっ、いえ、それはいいんですが、本当に、散らかっていて。あっ、すみません！　お荷物お持ちします」

届けてくれた鞄を受け取ることもしていなかったと、慌てて申し出ると、振り返った眞田が、笑いながら伊吹の鞄を手渡してきた。何が可笑《おか》しかったのか分からなかったが、笑ってくれたことがただ嬉しく、「ありがとうございます」と礼を言う。それを聞いた眞田がまた笑った。

リビングに通し、テーブルに着くように促しながら、上に積んである冊子やコピー紙を纏《まと》め、バタバタと片付ける。

「お茶……っ、淹れますから。コーヒーでいいですか」

キッチンに飛んでいく伊吹を見送り、眞田が部屋を見回している。

「広いですねえ。それに家具がゆったりしている」

「ああ。身体が大きいもので」

ここを訪れた人がよく口にするのと同じ感想を眞田が言い、伊吹もいつもと同じに答えた。

「執筆は書斎でするんですか？」

「ああ、はい。え、はい」

書斎を見せろと言われないかとドギマギし、ガチャガチャいわせながらコーヒーを淹れた。

淹れ立てのコーヒーを運び、眞田の向かいの席に自分も着く。どうぞと促しながら、伊吹は頭を下げた。

「すみませんでした。荷物、わざわざ届けてくださって。……自分から取りに行くのが本当なのに」

「そうですね」

「えっ。……すみません」

歯に衣を着せぬ眞田の答えに謝るしかない伊吹の前で、眞田はふくよかな笑みを湛《たた》えている。

「でもどっちにしろ、届けるつもりでいたので」

「え」

「朝、部屋を出る時に持ってきてしまったので、『フニちゃん』は入ってないんですよ。あれが欲しいと言われるとは思わなかったので」

さっきの電話で困惑の声を出したのは、そういうことだったのかと思い、納得すると同時に動揺も増した。

「持ってくればよかったな」

「あ、それはもう、本当もう、いいですから」

「いいんですか?」

「え?」

眞田の言動の一々に驚きの声を上げる伊吹に、眞田が笑う。

「伊吹さんの本、読みました」

「っ、……!」

今度のセリフには驚き過ぎて、声も上がらなかった。眞田は相変わらず笑顔のまま、そんな伊吹の顔を見つめていた。

「小説を書いているって言っていたので、書店で探してみました。本は読みますが、読書家というほどでもなく、ジャンルも偏っているので作家名なんかも全然知らなくて」

「ああ、まあ、そうでしょうね」

「で、どんなのを書いているのかなーって思って、まるで違うペンネームだったら見つけようもないんですが、ほら、伊吹さん、名前ほとんど変えてないし」

今ほど安易なペンネームを付けてしまった自分を呪《のろ》ったことはない。

「あ、でもたまたま似たような名前なんじゃ……」

名前の近い別人なのではと悪あがきをしてみるが、言ってしまってから無駄だと気が付いた。本を手に取り、開いてしまえば伊吹の顔がバッチリと載ってしまっているからだ。

「すみませんでした。伊吹さんが原作のドラマを、こき下ろしてしまって」

突然頭を下げられ、慌てて手を振る。

「いえっ、大丈夫です」

「嘘くさいだの、リアリティがないだの、他にも散々悪口を言ってしまい」

「本当、気にしてないですから。よく言われることで、分かっていることですから」

「本当のことを言えなくしてしまったのは、僕だったんですね。それ以外も、考えてみたら伊吹さん、何度も何か言い掛けていたなって思って」

「いえ全然！　……あ、そうじゃなくて、ええと、あれは俺が本当に悪くて」

「読んだら面白かったです」

「……え？」

眞田が自分の鞄から本を出してきた。テーブルに置かれた単行本は、去年の暮れに出した、若頭シリーズの最新刊だった。

「読み始めたら止まらなくなっちゃって、昨日やっとこれに追いついたんですよ」

「全部読んだんですか？」

「はい」

満面の笑みで頷かれ、感謝と照れ臭さで下を向く。

「本当、面白かったです。シリーズの最初とは随分感じが変わっているんですね。なんていうか、三巻辺りからどんどん派手になってきて、これなんかもう宇宙大戦争って感じですね」

やくざが南米まで渡って抗争を繰り広げているのだ。いったいお前は誰と戦っているのだと作者自ら若頭に問いただしたい。

「そうですね……。本当、リアリティがなくて、もう、なんとも……」

「そんなことはないです。夢中で読みましたもん。この『太平治』さんっていう、敵方の組長さん、これって……？」

覗き込まれて頷いた。

「父が、モデルです」

やっぱり、と眞田が喜んでいる。

「知り合いの本が書店に置いてあるのも凄いですが、登場人物が知っている人っていうのも、なんか凄く興奮するっていうか、面白いもんですね。読みながら、あー、この人もしかして、お父さんじゃないかなーって思ったらもう、可笑しくて」

そんな風に楽しそうに伊吹の書いた物のことを語ってくれるのはとても嬉しく、光栄だと思った。

だが、無邪気に喜んでいる眞田自身がスピンオフの主役として登場していると分かったら、どうなるんだろうか。しかも女性となり、濡れ場を演じ、物語の中で、あんなことやそんなことまでやっていることが知れたらと思うと、心臓がヒヤ、と縮み上がった。

「それでね……」

小さくなったまま、赤くなったり青くなったりしている伊吹の目の前に、眞田が本を押し出した。それからおもむろに表紙を開き、「ここなんですが」とカバーそでの著者近影を指してくる。

「はあ」

カメラを睨んでいる自分の顔を指され、曖昧な声を出しながら、眞田の指の先を見つめる。新刊のために去年この部屋の書斎で撮ったものだ。恐ろしい形相の自分と、後ろには本棚が映り込んでいた。モノクロで、背景はぼやけているため並んでいる背表紙の文字は分からない。自分の顔以外は別段変な物は写っていないはずだが。

「ここ、よーく見てみて」

力強く促されて、目を近づけてみる。写真の端、見切れている部分に黒い影のようなものが写っているが、なんの形にも見えなかった。

「これが何か？」

「これ、うちの商品じゃないですか？」

「…………っ、え？」

もう一度指の先に目を凝らしてみるが、どう見ても黒い影にしか見えない。

「ゴミなんじゃ……」

「違います。これ、ここ！　チョンって飛び出ているとこ。これはうちのロボちゃんの先っちょです」

眞田が言うには、自社製品である幼児向けのおもちゃロボットで、その先端が写り込んでいるというのだ。

「えー……」

目を泳がせて否定の声を出す伊吹に、眞田が絶対だと断言した。……正解だった。指摘されるまで、そこに影があることにさえ気付いていなかった。眞田はトンボの目でも持っているのか。

「気が付きませんでした。そういえば、なんかそういうものが置いてあったかも。もらい物かな……」

しらばっくれながら、泳ぐ速さが増していく伊吹の目を、眞田がじっと覗いてくる。

「……あー、出先で見つけて、可愛いかなー、って思って買ったんでした」

観念して白状する伊吹に、眞田がニッコリと笑った。

「お買い上げありがとうございます」

「……あ、いえ」

「吃驚《びっくり》しました。こんなところにうちのロボちゃんが写ってるって思ったら、大興奮ですよ！営業先に持って行ったらいい宣伝になると思いませんか？『作家イブキリュウの書斎にロボちゃんが』って」

「それは……」

眞田以外にこれをロボちゃんだと認識できる人はいないと思う。

「他にもうちの商品をよくお買い上げくださるそうで」

「……えっ？」

「最近スナイパーが来ないって、渋谷のお店の店員さんが言っていました」

「スナイパーって、なんですか？」

「伊吹さんのことみたいですよ」

半年間に亘《わた》り定期的に訪れ、特定のメーカーの商品を購入していく伊吹を、店員たちは皆知っていた。

見つからないように陰から眞田の姿を見つめていた伊吹だが、隠れているのは眞田に対してだけであって、周りからは丸見えだということは念頭になかった。柱の陰に佇《たたず》む様子とその目つきから、ファンシーショップの店員たちに「ぬいぐるみ好きのスナイパー」と呼ばれていることを、伊吹は知らなかった。

「『フニちゃん』が好きなんですね、本当に。新商品が出ると必ず購入してくれるし、商品棚に凄く可愛く並べてから帰るんですよ、って教えてもらいました」

「ああ……」

なんという迂闊《うかつ》なことをしていたのか。眞田の姿を追い、仕事の応援をすることしか考えていなかった。それはそうだ。こんな目立つのが毎週毎週同じ店に出没していたら、記憶に残らないわけがない。

消え入りたい思いで身体を縮めている伊吹の前で、相変わらず眞田は笑顔のまま、そんな伊吹を見つめていた。

「この部屋には見当たらないんですね。飾ってはいないんですか？」

「ええと……、プレゼント用に、人にあげたり」

往生際悪く、まだそんなことを言っている伊吹を、眞田が微笑んだまま見ている。

「全部？　あげちゃったんですか？」

「うぅ……」

そう言われてしまうと、嘘が吐けなくなる。

「書斎に……」

「この写真の場所ですか。ああ、だから著者近影にもうちの玩具が写り込んだんですね」

「……ですね」

嬉しいなあ、と眞田が本当に嬉しそうな声で言った。笑っている顔は、眞田の部屋で一緒に過ごしていた時と同じ、柔らかなものだ。

「伊吹さん」

俯《うつむ》いて頭を抱えている前で、少しだけ改まった声が、伊吹を呼んだ。

「……はい」

「あの日、公園で伊吹さんの話を聞き、それまでのことが全部僕の早合点だったって聞かされて、僕は混乱して、腹が立ってしまい、とてもきついことを言ってしまいました」

「それは……俺が全部悪いんだし、当然ですから」

「頭に血が上ってしまい、しばらくはこう、気持ちが収まらなくて、ずっとモヤモヤした状態が続いて。もう、自分でもどうしたらいいのか、よく分からなくて……。思い出して落ち込んだり、また腹を立てたり、そんなことをしているうちに数日経って、そうしたら、結局僕は恥ずかしかったんだなって思い至ったんですよ」

話しながら伊吹に向けてくる表情は、言葉の通りに恥ずかしそうで、そうしながら相変わらず笑みを浮かべていた。

「一人で早とちりして、大騒ぎをして、……本当、恥ずかしい」

「いや、そんな、恥ずかしいとか、そんなことは全然なくて……でも、そうですよね」

伊吹がどう否定をしようと、眞田が恥ずかしい思いをしたということが重要なのだ。そんな思いをさせてしまったことが心底申し訳なく、頭を下げるしかない。

「俺の優柔不断で眞田さんを振り回してしまって、本当に申し訳ないことをしました。今更何を言っても言い訳に過ぎません」

「聞きます」

「……え？」

眞田の声に顔を上げると、眞田が真っ直ぐに伊吹を見つめていた。

「あの時、恥ずかしくて自分を取り繕うのに必死で、伊吹さんの話を聞かずに逃げてしまいました。荷物も処分していいと言われ、そうしようとも思ったんですが、……なんだか、今度はそれが、悲しくなってしまって。確かに、嘘を吐かれたことは腹立たしいし、自分のお人好し加減に呆れもしたんですが、怒りきれないというか……」

伊吹に騙されていたと知った時のショックと憤りを、眞田は自分の中で整理するように語っている。

「人を騙した酷い人だって思おうとしても、どうしてもそう思えなくて。……だって、伊吹さんとあの部屋で過ごしている時、僕は本当に凄く楽しかったから」

恥ずかしそうな笑顔は相変わらずで、その目が眩《まぶ》しそうに細められた。

「営業先の店で、伊吹さんがしょっちゅう来ていたって聞いて、どういうことだろうと考えました。それから伊吹さんの本を探しました。そうしたら、あの写真を見つけて、どうしても確かめてみたくなりました。……伊吹さん」

「はい」

「僕たちは渋谷のあのガード下で会う前に、何処かで会っていたんですよね」

伊吹の目を真っ直ぐに見つめたまま、眞田が問うた。

「眞田さん、俺は……」

眞田の問い掛けに対し、誠実に答えなければと言葉を探す。伊吹に対する憤りも、眞田自身に対する歯痒《はがゆ》さもあるだろうに、眞田はそれでも伊吹を許す理由が欲しいのだと、伊吹の言葉を待っている。

それに応えるためには、一点の嘘も混ぜてはいけないのだと、覚悟を決めなければならない。

何処かで会ったことがあるのか、どうして自分を知っているのか。何故《なぜ》黙ったまま眞田の部屋に行き、眞田と過ごしていたのか。

その説明をするのには、眞田に対する自分の嘘偽りない気持ちを告白しなければ、やはりすべての辻褄《つじつま》が合わないのだ。

全部を言ってしまえば、眞田は今まで以上に戸惑い、呆れ、そして今度こそ去っていくだろう。男の、しかもこんな恐ろしい外見をしている人間に惚れられ、側にいる間中、邪な目で見られていたのだ。気持ち悪いと思われても仕方がない。

だけど言わなければならないと思った。何処までも純粋なこの人に、本当のことを言わなければならない。それが、伊吹が眞田にしてしまったことへの贖罪《しょくざい》だ。

「半年前に、眞田さんとは浅草橋のクリニックで会いました。そこで俺は……、あなたに、一目惚れ、しました」

言ってしまった。取り返しのつかない言葉を口にし、心臓が口から転がり出そうになる。

眞田は何も言わず、じっと伊吹を見つめている。驚いて声も出ないのだろう。こちらに向けられる眞田の目を見ていられなくて、下を向いたまま告白を続けた。

「それで、あなたの勤め先や、営業先を調べ、……その他にもいろいろ、知りたくて、……渋谷のあの店にも通い、陰から見ていました。すみません」

下げている頭を更に俯け、謝る。向かいに座る眞田はやはり何も言わない。

「ガード下で絡まれている時に、これは、知り合えるチャンスかと思い、声を掛けたら眞田さんまで怖がらせてしまって、……失敗したと思ったら、代官山《だいかんやま》まで追い掛けてきてくれて、夢かと思いました」

「あの、絡んできたあの人たちはじゃあ、伊吹さんが仕組んだことではないんですね？」

「そんなこと……っ」

そこは強く否定した。人を雇って出会いのチャンスを作るなんて、そんなことができるぐらいなら、半年もの間、声も掛けずにあとをついて回ったりはしない。

「本当です。知り合いになろうなんて、全然思ってもなくて……、いや、思ってましたけど、思うだけで全然行動に移せなくて。そんなことはできる度胸もないですし」

「伊吹さん、見かけによらず、本当にシャイですもんね」

「はい。そのあと食事の約束をして、……本当にどうしようかって、舞い上がりました。それから眞田さんの家に連れていかれて、誤解されているのは分かっていたんですが、一緒に暮らそう……なんて、一目惚れした人にそんな風に言われたら、……どうしても言えなくなりました。一緒にいる間はもう、俺は本当に楽しくて、死んでもいいくらいに幸せで……」

眞田のために食事を作り、週末の相談をし、マッサージをした。一緒の部屋で寝起きし、仕事に出掛ける眞田を見送った。幸せな日々が走馬灯のように蘇《よみがえ》り、思わず微笑んでいる伊吹を、眞田は黙ったまま見つめている。

「言おう、言わなきゃって、ずっと思いながら、……けど、言ったらもう眞田さんと会えなくなるのかって思ったら、それも嫌で。あと一日、明日言おうって思いながらその日になるともう少しって欲が湧いて。パンケーキ、一緒に食べたくて……。俺にとってはデート、みたいなもんだし。あの日は最高に……楽しかった」

眞田と一緒にいると、自分が別の人間になれたような気がした。誰も伊吹を拒まず、ドーナツ現象も起こらない。それは眞田が人を引きつける磁力を持っているからだと思う。

「俺、こんななのに、楽しそうにしてくれるのが、ほんともう、幸せで。笑顔とか……天使だし。……好きで、好きで、こんな好きな人と俺、話してるって思ったら、会話する度に心臓がもたないくらいで、何言われても、眞田さんの一言一言が嬉しくて、毎回死ぬかと……思いました」

どの時間を切り取っても胸が詰まるように幸せで、その時間をどうしても手放したくなくて、嘘を吐き通した。

「自分の勝手な想いを叶えたいがために、眞田さんには多大なご迷惑をお掛けしました。すみません、……ありがとうございました」

詫びと礼と、半年間の想いのすべてを告白し、もう一度深々と頭を下げる。

これでお終《しま》いだ。眞田は伊吹の気持ちを知り、ここから去るだろう。そして二度と会うことは叶わない。あの渋谷の店にも来ないでくれと言われるだろう。仕方がないのだ。

伊吹のたどたどしくも、渾身《こんしん》の告白を聞いた眞田は何も言わない。呆れて言葉も出ないのか。それとも気の優しい眞田のことだから、伊吹を傷付けないよう、言葉を探しているのかもしれない。そんな気遣いはいらないのに。

　僅かに顔を上げ、いつまでも沈黙している眞田をそっと覗くと、眞田は両手で顔を覆い、俯いていた。テーブルの上に眼鏡が置いてある。

「ああっ、眞田さん、泣……っ！　すみません、すみませんっ」

　泣くほど気持ちが悪かったのかと慌てて謝罪した。立ち上がり、目の前で泣いている眞田をどう慰めたらいいのかと、オロオロする。

「本当、ごめんなさい。あの、俺……、ああ、どうしよう。泣かないでください。すみません、タオル……ッ、とか、要りますか、ちょっと、待ってて」

　椅子に足が当たり、ガタガタと音を立てた。眞田は両手で顔を覆ったままさめざめと泣いている。とにかく何かしなければとテーブルから離れながら、下手に宥めたり謝ったりするより、いっそ自分がここからいなくなったほうがいいのではと考えた。

「俺、行きますから。眞田さん、俺、消えますから……っ！」

「え、伊吹さん、ちょっと待って」

　ドカドカと足音を立てて、部屋から出ていこうとする背中に、声が掛かった。恐る恐る振り返ると、驚いたような顔をした眞田がこちらを見ていた。顔は赤いが、目は濡れてなく、涙を流した痕跡《こんせき》はない。

「何処行くの」

「あ、え……、俺がいないほうがいいかと……思い」

「どうして」

「俺が、変なことを言ったから」

伊吹の答えに眞田が更に目を大きくする。

「座って。それに泣いてないから。吃驚させないでくださいよ」

吃驚したのはこっちなのだが、眞田が伊吹を睨み、席に戻れと促してきたので、仕方がなくもう一度椅子に座った。

「あの、泣いてない……？」

テーブルに置いた眼鏡をかけ直している眞田に恐る恐る聞くと、また眞田が睨んできた。涙の痕はないが、目元はほんのりと赤く、睨んでくる目が何故か……色っぽい。

「泣いてない。ちょっと恥ずかしくなったんです。あんな熱烈な告白をされたら、誰だって狼狽えるって」

「あ、すみません」

「嬉しくて」

「…………え？」

伊吹の声に、眞田は笑ったまま睨んでくる。それがとても嬉しそうに見えるのだが、実際嬉しいという言葉も聞こえるのだが、それをどう解釈していいのかが分からなかった。自分の都合のいいように解釈したくもなるが、持ち前のネガティブ思考がそれを許さない。

「あの、今言ったことは、俺の勝手な気持ちなので、どうか気にしないでください」

気遣いのある眞田は、伊吹の気持ちを聞き、困惑しながらも受け取ってくれたのだ。気持ちは嬉しい、ありがとうという礼の言葉のあとには、だけどごめんなさいと続くに違いない。

「気にするよ」

「えっ」

「さっきから伊吹さん、驚いてばかりだ」

可笑しそうにそう言われて頭を掻《か》くが、眞田の言動がいちいち予想外なので、受けるこっちのほうも毎回驚いてしまうのだ。

クスクスと声を立てて笑っている眞田は、とても楽しそうだ。そんないい顔を見ていると、こちらまで和んでくる。久し振りの眞田の笑顔に見惚《みと》れている伊吹に、眞田はいったん笑いを収め、それから改めて伊吹に顔を向け、それから小さく一つ、息を吸った。

「僕も同じです」

「…………」

幻聴が聞こえてしまい、一瞬詰まったあとに、「……ああ、ええ、そうですね」と、曖昧な相槌を打ったら、眞田が変な顔をした。

「知ってたんですか？」

「何をですか？」

「僕が、伊吹さんを好きだってこと」

「……っえ？」

吃驚して聞き返す伊吹を眞田がまた睨んでくる。その顔はこれまでに見たどれよりも柔らかい。

「好きだと言ってもらえて嬉しい。……とても」

そう言って、眞田ははにかんだ笑顔を見せ、目の前にあるコーヒーカップに手を添えた。掌にそれを包んだまま、弄《もてあそ》ぶように転がしている。

「僕も伊吹さんのことが、……好き、です」

小さな、だけどはっきりと聞こえる声がまだ信じられず、眞田の顔を茫然としたまま見つめるだけだ。

「一週間足らず一緒にいただけで、何を言っているんだって思うかもしれないけど」

「あ、いえ。そんなことはないですが。でも……」

伊吹だってクリニックで出会ったその日に眞田に一目惚れをしたのだ。その後半年間、陰から見守り続けながら、その気持ちは膨らむ一方で、眞田と過ごしたあの数日は、それこそ自分の恋が本物だったと確信できた日々だった。

だが、それは眞田のような人だからそういうことがあり得るのだと思う。性格も素直で可愛らしく、外見の美しさは完璧だ。それが、こんな道を歩けば草も枯れるような男を好きになるだなんて、あり得るのだろうかと思ってしまうのだ。

「初めて会った時には、実は本当に怖かったんです」

「ああ、はい。そうだろうと思います」

そうだ。伊吹に遭遇した人は皆眞田と同じような感想を持つ。だからこそ眞田の言うことが容易に信じられない。

「でも、そのあとお話しして、一緒に食事をしながら、ああ、凄く優しい人なんだなって」

眞田の話を楽しそうに聞き、静かに食事を楽しむ姿が好ましく、印象が劇的に変わったのだと、あの時のことをそんな風に眞田は語った。

「しゃべるのが苦手なんだなっていうのは、すぐに分かりましたが、表情がとても豊かで、焦ったり慌てたり、……気遣ったり、そういうのが可愛いなあって……」

「そ……、か……っ、っ……」

眞田の言葉に仰天してしまい、言葉を失っている伊吹に、「ほら、そういう顔が、滅茶苦茶可愛いんですよ」と言われてしまった。

「僕の部屋で一緒に暮らしている時、僕も楽しかったですよ。……だから、伊吹さんの素性が嘘だって分かった時、とてもショックを受けたんだと思います」

「本当に……すみません」

錯乱しながらも条件反射で謝る伊吹に、眞田は小さくかぶりを振り、それから伊吹の目を見つめてきた。

「僕の家に来たのも、自分のことを黙っていたのも、そもそもの最初の出会いに、何か理由があったんじゃないかって思ったら、確かめずにはいられなくなりました。僕の願っていた答えが聞けて嬉しい」

そう言って眞田が腕を伸ばしてきた。テーブルの上に置いてある、伊吹の手を握ってくる。

「……っ、ぅ、お……」

今日は『フニちゃん』を持っていない伊吹の手の上に、眞田の掌が重ねられている。玉砕覚悟の伊吹の告白に、嬉しいと、同じ気持ちだと、その上自分のことが可愛いと……さっきから聞こえてくる言葉が空耳でないならこれは……。

混乱は頂点に達し、思考が止まる。夢か幻かと思うが、自分の手の上にあるものが、現実に温かい。

「伊吹さん」

名前を呼ばれ、自分の手の上にあるものから視線を上げた。満面の笑みを浮かべた眞田の顔があった。それからまた、自分の上に重なっている眞田の手を見つめる。これは……どうしたらいいいんだろうか。握り返してもいいものだろうか。

「本当、伊吹さんのそういうところが、とても可愛いです」

「え……」

手を握り返そうかどうか逡巡《しゅんじゅん》している時に、またそんな人を翻弄《ほんろう》するようなことを言ってくる。そんな伊吹に眞田は「本当、可愛い」と言った。

自分に向けてくれる笑顔がまだ信じられなくて、それを確かめようと、伊吹は恐る恐る、その手を握り返した。


眞田が書斎を見たいというので案内した。

いろいろと、……だいぶ不都合なことがあるのだが、眞田に求められて断るという選択肢は伊吹にはない。

「凄い。流石に本がたくさんあるね」

本がぎっしり詰まった、天井まである本棚を見上げ、眞田が感心した声を上げた。

「あ、ロボちゃん」

本が並んでいる前面のちょっとしたスペースに、眞田が写真で見つけたロボちゃんがちんまりと置いてある。それ以外にも、取り繕いようもないほどの数のぬいぐるみや玩具たちが散乱していた。その上部屋の隅にある資料本の入った段ボール箱には、眞田の来訪に慌てて

隠した『フニちゃん』たちが、無造作に放り込まれている。

「熊が多いね。好き？」

「あ、はい。なんか顔が可愛くて」

段ボール箱に入れられた一つを手に取って、眞田が嬉しそうに『フニちゃん』の手触りを楽しんでいる。

「渋谷の店で買ってたんだ、ずっと。なんだ。声を掛けてくれればよかったのに」

「そんな……できませんよ」

眞田が見上げてくる。この光景が信じられなかった。

自分の部屋に眞田がいる。伊吹が半年間購入し続けた『フニちゃん』を持って。しかも、伊吹がどういう経緯で――何を想って、これらを手に入れたのかを、全て知っているのだ。

その上眞田は自分も同じ気持ちだと言った。

まさかの相思相愛。こんなことってあるんだろうか。

眞田がこの部屋を訪れてから、まだ一時間と経っていない、そのたった数十分の間に、伊吹の世界が激変した。窓を開けたら世界が滅亡していたとしても、たぶん驚かない。

「伊吹さん……」

「はい」

名前を呼ばれ、条件反射で返事をするが、眞田は恥ずかしそうに俯いて、手にした『フニちゃん』をフニフニと弄んだ。

これは……、この雰囲気は……っ。

自室の書斎。伊吹のテリトリー内に眞田がいる。恥ずかしそうに佇む姿は何かを待っている。ここは行動を起こすべきなのではないか。まずどうすれば。

肩か？　肩を引き寄せて、それから……。

ゴクリと喉が鳴る。

隣に立つ眞田の身体を引き寄せようと、恐る恐る腕を伸ばそうとしたその瞬間――。

「僕、雑誌に載っていた伊吹さんの短編小説を読みました」

痛恨の一撃をもらい、今度こそ本当に口から心臓を吐き出すかと思った。

「『眞田史子《さなだふみこ》』って、あれ、僕のことですよね？」

「……っ！　すみません！」

「いやー、あの時の……。あれを読んで思い出しましたよ。僕、伊吹さんの膝の上に飛び込んじゃったんですね」

眞田の顔をまともに見られなくなった。

「名前、まんまなので」

「本当、ごめんなさい」

若頭に登場する、親父をモデルにした組長キャラは、親父の他にも同僚たちが混じっているのである意味オリジナルだ。本人が読んだ時も自分がモデルか、と思う部分があってもまあ、許せる範囲らしく、却《かえ》って楽しんでいるような節もあるのだが、眞田の場合は名前からキャラからほぼ同一人物で、違うのは性別だけという徹底振りだった。

だからこそ伊吹としてはとてもよく書けた人物描写となったわけで、だが本人が読んだらきっと、居たたまれないだろうレベルなのだ。

「よく書けているというか。本当、伊吹さん、僕のことを仔細《しさい》に観察してたんだなあって」

「いや、もうほんと……、申し訳ありません……っ」

「吃驚したけど、でもほら、女性だし、フィクションだし。……ちょっと恥ずかしい部分もあったんだけど」

土下座する勢いで謝る伊吹に、笑ってそう言ってはくれているが、声には確かに困惑と羞恥《しゅうち》が混じっていた。

「あの辺は、別の人、なんですよね……？」

確かめるように問われて詰まってしまった。

「……伊吹さんの実体験？」

「いえっ！　そんなこと。あれは妄想というか願望というか……、いえ違くて！　全然、完全にフィクションです」

「そうなんですか？」

声が疑っているようで、ますます慌てる。

「本当に。ああいうのは読者サービスで、ちょっと筆が乗り過ぎたというか、あんなことになってしまい、本当に申し訳なく……っ」

言い訳をしながらひたすら謝る伊吹の前で、眞田は可笑しさを隠せないというように、クスクスと笑っていた。

「そんなに必死にならなくても大丈夫ですよ。伊吹さん、恰好いいから、やっぱりモテるんだなってちょっと思っただけ」

「いや、だから！　そんなこと全然ないんですってば。俺、本当こんなだし、モテたことなんかないんです。だからああいうのが書けるんであって。実際体験したことなんか全然……」

自分がモテないことを、何を力説しているのか。だが、眞田を思い浮かべて書いたものに、他の人のことなど混同させたりはしないと、そこは分かってほしくて懸命に説明した。

「俺は、ナリはこんなだし、それで中身はてんで意気地がないし。恋愛とか全然、したことがなくて」

少しでも経験があり、多少の自信が持てたなら、眞田に誘われて部屋で一緒に過ごした時、もう少し上手く立ち回れたと思うのだ。原稿用紙の上では自由自在に動けても、現実はまるで上手くいかなくて、だから、今も眞田を目の前にして、どうしたらいいのかが分からない。

「恋愛経験がないんですか……？」

眞田の声には信じがたいという驚きの色が見え、恥ずかしさにグッと拳《こぶし》を握る。二十八にもなって、こんな極悪な風貌をしながら、まったくもって経験がない。恋は空想の中だけで成就させ、今まで生きてきた。

「誰とも？」

いいと思った人はいる。学生の時も憧れ、遠くから想っていた人もいた。だけど実際近づこうとも、親しくなろうともしなかった。それは臆病な自分の性格もあるが、そこまで必死になったこともなかったからだ。

行動を起こしたのは一度だけ。それだって遠くから見守るだけだったが、それでもこの人のことをもっと知りたい、近づきたい、……欲しいと、思ったのは眞田が初めてだったのだ。

「本気で……好きになったのは、眞田さんが……初めてです。俺の、初恋です」

こんな年まで生きてきて、今が初恋だなんて死ぬほど恥ずかしい。ドン引きだろう。そして本人を目の前にしてそんな告白をしてしまうほど、伊吹は今、舞い上がっているのだ。

「眞田さんが俺に言ってくれたことも、今もまだ信じられなくて、なんて言うか、夢見てんじゃないかって、思って。心臓が口から飛び出しそうです……」

「……伊吹さんは、本当にもう……、困ったな」

苦笑と共にそんな声が聞こえて絶望する。どうしてこうも不甲斐《ふがい》ないのか。

「すみません。俺なんか眞田さんには相応《ふさわ》しくなく、……どうもすみませんでした！」

「ちょっ、何それ。なんで謝るの？」

直角に頭を下げ、大声で謝る伊吹に眞田が焦った声を上げた。

「俺、無理です」

「何が」

「俺なんか駄目です。眞田さんといても、何も気の利いたことも言えないし、喜ばせることもできないし、楽しませることとか、どうしたらいいか分からないし。だから、俺の言ったことはすべて忘れて、なかったことにしてください」

「嫌ですよ。なんでせっかく好きな人に好きだと言ってもらえたのに、なかったことにしなくちゃならないんですか」

「でも……っ」

「十分喜んでますよ。喜びっぱなしです。さっきから伊吹さん、凄い殺し文句言っているの、自覚していないでしょう」

「……え？」

「あんなことを言われて喜ばない人はいませんよ。自覚ないのがまた、困るなあって思ったんです。本当、天然のタラシっているんだなって」

「タラシじゃないです」

「だから困るって言ってんの」

本当にもう、とまた眞田が睨む。それから急に噴き出した。『フニちゃん』を手に持ったまま、あはははと声を上げて笑っている。

「あの、眞田さん……？」

伊吹を見上げてきた。

なかなか笑いの収まらない眞田を呼ぶと、涙を目に浮かべた眞田が笑いを引きずったまま、

「伊吹さんといると、僕は楽しいよ。嘘じゃなく。だから、忘れてくれなんて言わないで」

聞き分けのない子どもを宥めるような声を出し、眞田が下から伊吹の顔を覗いてくる。笑顔を湛えたままの表情は優しく、声も柔らかい。

「……はい。取り乱してしまい、すみませんでした」

謝る伊吹に眞田はもう一度ニッコリと微笑んで、持っていた『フニちゃん』を本棚にあるロボちゃんの隣に座らせた。

「僕が来る前までここで書いてたの？」

電源の消えたパソコンに目をやり、眞田が聞いてきた。

「あ、いや。今日はもうおしまいにして、酒でも飲もうって思ってたところに、眞田さんが来たので」

執筆の邪魔をしたのかと気にする様子の眞田にそう答えながら、そういえば、眞田は仕事が終わってから真っ直ぐここへ来たのだということに気が付いた。

「眞田さん、腹空きませんか？　仕事終わってすぐに来たんでしょう？　夕飯、まだですよね。俺、なんか作りましょうか」

「ご馳走《ちそう》してくれるの？」

冷蔵庫に何が入っていたかと考えながら頷くと、眞田が嬉しそうに声を上げた。

「やった。伊吹さんの料理が久し振りに食べられる」

普通の会話になり、伊吹もようやく自分を取り戻した。

「簡単なものになりますけど。買い物に行ったりしていたら、帰るのが遅くなっちゃいますから」

本当なら眞田のリクエストを聞き、食べたい物をなんでも作ってあげたいが、それはまた次の機会にしようと思った。これからも、眞田がこの部屋を訪ねてきてくれる機会があるというなら、その時に盛大に歓迎すればいい。そうだ。その時はアップルパイも作ろう。

そんなことを考えながら、やっと実感が込み上げてきた。

次にも眞田と会う機会が持てるのだ。眞田のために料理を作り、彼の来訪を待つことができる。そして眞田のあの部屋にまた、伊吹も行くことができるのだ。

そんな幸福感に包まれながら、夕飯の献立を考えている伊吹を、眞田が見つめていた。

「卵はありますから、卵料理ならすぐに作れますよ。何かリクエストはありますか？」

「うん。卵は好きだから、どんな料理でも嬉しいよ」

「そうですか。じゃあ、茶わん蒸しとかどうですか？」

「茶わん蒸し、大好きだ。伊吹さん、でも、あのさ……」

「はい」

オムレツでもキッシュでも、なんでも言ってくれと、見上げてくる眞田の顔を伊吹も見返した。

「僕は明日仕事が休みなんだよ」

「はい。知ってます」

「泊まっていけとは言わないのかな」

ドォーン、と花火が打ち上がり、頭の中で思い浮かべていたレシピが霧散した。


眞田がシャワーを使っている。

それを待ちながら、伊吹はダイニングテーブルの前で固まっていた。

夕食は眞田のリクエストを聞き、ありったけの卵料理になった。ビールを飲み、半月振りの団らんに眞田ははしゃぎ、よく食べ、よくしゃべった。

相変わらず九対一の会話の分量で、眞田の話に相槌を打ちながら、伊吹の頭の中はそれどころではなかった。

明日の仕事が休みだから泊まりたいという眞田の要望を断る理由は伊吹にはない。願ってもないことだし、むしろ自分から言い出さなかったことが悔やまれるぐらいだ。

溢《あふ》れる煩悩を無理やり抑え込みながら料理に没頭し、食事の最中もピンク色の靄《かすみ》が頭の中にモヤモヤと発生し、振り払うのに必死になっている伊吹の様子に、眞田は呆れることもなく、以前と変わらない笑顔で接してくれた。

余裕のある眞田の態度に自分の余裕のなさを反省する。そうだ。泊まっていくといっても、何もすぐに目くるめく夜が訪れるはずがないのだ。眞田だってそんなことを望んで泊まりたいと申し出たのではないだろうと考え直す。

がっつくな、ゆっくりいけと自分に言い聞かせ、風呂を借りたいという眞田に、タオルやら着替えやらを用意したのだが。

「少し時間が掛かるから」

「あ、ごゆっくりどうぞ」

「……準備するのに、ね」

と、流し目を送り、風呂場に消えていくものだから、俄《にわ》かに落ち着かなくなったのだった。

今、テーブルの上には、コンビニの袋が置かれている。

風呂場に消えた眞田を見送り、急いで寝室を整え、それからダッシュで買い物をしてきたものだ。

準備といった眞田の言葉を、別の意味に考えようと試みるが、どう考えても結論は同じところに戻ってきた。

眞田が風呂場で準備をしている。それは、……目くるめく夜のための準備と考えていいものだろうか。あまりの急展開に膨らむ期待が抑えられない。

ほぼ九割結論を出しながら、残りの一割で何があってもガッカリしないようにと、持ち前のネガティブ思考を巡らせながら、テーブルの上のコンビニ袋を睨んでいる伊吹だった。

やがて、風呂から上がった眞田がリビングに戻ってきた。伊吹のシャツを借り、下はハーフパンツを穿いている。

「やっぱり大きいねえ」

ダボダボでホカホカの眞田を、目を細めて見つめる。ピンク色の肌が艶《つや》っぽい。

「伊吹さんも入っておいでよ」

「あ、はい」

促されて素直に立ち上がり、リビングを出た。

毎日使っている自室の風呂場なのに、眞田が入ったあとだと思っただけで、興奮した。これから起こることを考えると、更に興奮する。シャワーノズルを見ただけで勃起している自分が恥ずかしいと思うがどうにもならない。

丹念に身体を洗いながら、ここは一旦心を落ち着けようと、一回抜いておくことにする。

このまま夜に突入したら、眞田の裸体を見ただけで射精してしまいそうだ。それはあまりにも不甲斐ない。直《ただ》ちに復活できる自信はあるが、そんな伊吹に眞田が呆れるかもしれないと思った。

そしてもし、……期待通りのことが起こらなかったとしても、諦めがつくだろう。「準備って、何言ってんの？ 寝る準備に決まってるじゃないか」などと言われてしまう場合も想定しておかなければならない。たとえ眞田が隣に横たわるだけという事態が発生しても、なんとか我慢が利く。眞田の部屋で寝泊まりしていた時も、それで凌《しの》いでいたのだから大丈夫だ。

この期に及んでもまだそんなことを考え、自分なりの心の準備をしているうちに、結局二回抜くことになるのだった。

あれこれ心と身体の準備を施しているうちに、伊吹まで長風呂になってしまい、もしかして帰ってしまったんじゃないかとビクビクしながらリビングに戻ったら、眞田がいた。

「すみません。長風呂になってしまいました」

恐縮しながらそう言うと、眞田は気分を害した様子もなく、「大丈夫」と笑ってくれた。

伊吹の部屋着を着て、伊吹のソファに座り、雑誌を読んでいる。リラックスした姿が可愛らしく、自分の部屋にそんな光景があることが不思議だ。

「何か飲み物を持ってきましょうか」

「ううん。いらない」

そう言って立ち上がった眞田が、「行こうか」と言って伊吹の手を取ってきた。ガチガチになって棒立ちしている伊吹を眞田が見上げる。

「あのさ、これ」

伊吹の手を取ったまま、もう片方の手で眞田が翳《かざ》してきたのは、ダイニングテーブルの上に置いてあったコンビニの袋だった。

「僕がシャワーを浴びている間に買いに行ってきたんだ」

「っ……！　すみません」

「いや、謝ることはないんだけど。ないと困るし」

袋に入った箱を確かめるようにガサガサと振って、眞田がニッコリと笑う。

「これ一個だけ買ってくるの、潔いなあって思って。伊吹さん、恰好いい」

そんな褒められ方をされても全然嬉しくはないが、狼狽えながらも眞田の言った「ないと困るし」の言葉をしっかりと耳に捉え、頭の中で法螺貝《ほらがい》が鳴る。

「それで、これとね、もう一つ欲しいものがあるんだけど」

「なんでしょう」

握られた手に意識を集中させながら聞くと、眞田は言いにくそうに俯いた。

「軟膏《なんこう》とかクリームとか、そういう系の、あるかな」

「軟膏、ですか？」

「そう。……潤滑剤になるような」

俯いたままモジモジと説明されて、ハッとした。そうか。そういうものが要るのか。迂闊だったと反省している隣で、眞田が恥ずかしそうに佇んでいる。

「……ワセリンならありますが。それで大丈夫ですか？」

「ワセリン……？」

伊吹は今でも空手の道場に時々通っている。寸止めの型稽古だが、止め切れずに打撲や擦り傷を作ってしまうことがしょっちゅうなので、それだけは常備してある。

伊吹の説明に、眞田は「それで大丈夫」と言ってくれたので、ホッとした。

「なんか、すみません」

手を繋《つな》ぎ、寝室に向かいながら謝る。眞田は何が？　というように伊吹を見上げてきた。

「言いにくいことを全部、眞田さんに言わせてしまって」

経験がないのは仕方がないが、もう少し先回りして気遣うべきだった。

「大丈夫。伊吹さんだって、ほら、ちゃんと用意してくれたし」

ニッコリと、コンビニの袋をまた掲げられて眉毛を下げる。

「それに僕のほうが年上だからね。リードするのは当然だろ？」

ここで年上風を吹かせてくる眞田が可愛らしくて、眉を下げたまま、口元が緩んだ。

「伊吹さんは初めてなんだから」

「……っ、すみません」

この人本当にとんでもないところから不意打ちを仕掛けてくるから油断ならないと、謝りながらオロオロしている伊吹を、眞田が楽しそうに見上げてきた。


伊吹仕様の巨大サイズのベッドは、シーツが綺麗に整えられていた。

明かりは点けないまま、廊下の光が薄く部屋を照らしている。いつもは枕元にある『フニちゃん』は、今部屋の隅に座っていた。それを見た眞田がまた嬉しそうに笑い、それから繋いでいた手を離し、伊吹の首を抱いてきた。心臓が破裂しそうだ。

ベッドの手前で立ち止まったまま眞田が背伸びをしてくる。近づいてくる唇を硬直したまま迎えた。

合わさってきたそれは、想像したよりもずっと柔らかかった。ふわりと触れ、軽い音を立ててすぐに離れてしまった感触を追い、閉じていた目を開けると、眞田が伊吹を覗いていた。泣きそうな顔になっていたのだと思う。すぐそばにある唇が笑みの形を作っていた。

自分の立てる心臓の音がやかましく、抱かれている首が熱い。目の前の存在がまだ信じられなくて、だけど離れてしまった感触がもう一度欲しくて堪らない。

首に摑まったまま背伸びをしている身体を支え、腰に回した両腕で、グイ、と持ち上げる。身体が浮いた眞田は一瞬目を見開き、それからほんのりと笑って、顔を倒してきた。

「ん……」

溜息と一緒に、また柔らかい感触がやってくる。眞田に合わせて伊吹も僅かに顔を倒し、横から重なる。噛むようにされ、湿った温かいもので唇を撫でられ、伊吹も舌先でそれを迎えた。

絡まってくる舌は柔らかく、熱い。夢中で追い掛け、強く吸った。腕に力を籠め、眞田の身体が更に浮き上がる。顔を倒し、大きく合わさる。頬に眞田の眼鏡が当たった。

「……ん、ん、伊吹さ……」

名前を呼ばれてハッと我に返った。唇が離れ、首を抱いていた手の力が緩む。眞田が見上げてきた。伊吹も腰を抱いていた腕を離し、眞田の眼鏡をそっと外した。

廊下の明かりに照らされた、大きな目が伊吹を捉え、それがふっと和む。手を引かれてベッドに連れていかれ、促されるままそこに座った。両手で頬を挟まれ、腰を屈《かが》めた眞田のキスを受ける。

「あのさ、一つ気になっていることがあるんだけど」

夢見心地になっている伊吹に、立ったまま眞田が聞いてきた。

「なんですか？」

「あの小説、伊吹さんは全部想像して書いたって言ってたよね。それで、経験がないから書けたんだって」

「はい」

「じゃあさ、経験しちゃったら、書けなくなっちゃったりするものなのかな」

「……え？」

「だって、書けなくなっちゃったら、困るだろう？　イブキリュウの次の小説を待っているファンはいっぱいいるのに」

「……っ、大丈夫です」

力強くそう答える。すぐ上にある眞田の頬を引き寄せて、もう一度柔らかい唇に触った。

そんなことを気にして、心配そうに聞いてくる眞田が可愛らしい。

「本当？」

「本当です」

太鼓判を押し、頬に置いた手に幾分力を込めた。ここまで来て、書けなくなるかもなんてことは絶対に言わないし、たとえ書けなくなってもいいとさえ思ったが、それを言って眞田にじゃあ止《や》めるなんて言ってこられたら絶対に嫌なので、書ける、書くと、強い意思で押し通した。

「それとさ……」

「まだ何か……？」

伊吹に唇を啄《ついば》まれながら、まだ何か気掛かりがあるらしく、眞田が声を出す。

「ん……」

言葉を封じてしまおうかと顔を倒し、大きく合わせるが、やはり聞いておいたほうがいいかもと、深く奪った唇を離してやる。

「眞田さん、なんでしょう」

離れてしまった伊吹の唇を一瞬追い、閉じていた目を開け、眞田が薄く笑った。

「あの話に出てくる『眞田史子』って、凄く色っぽかったじゃないか」

「……そうでした？」

「うん。あの人のモデルが僕なら、伊吹さんは、僕と……あんな風なことをしたかったっていうこと……？」

思ってもいなかった方向からの質問に、絶句した。

「それは……」

悪戯そうな目が覗いてきて、笑っている。

「ええと……、そう、です」

正直に答えると、伊吹を見下ろしていた眞田の身体が近づいてきた。

「じゃあさ……」

笑ったまま、座っている伊吹の上に乗り上げてくる。

「僕が、伊吹さんが想像していた以上に、いやらしかったりしたら、伊吹さん……呆れる？」

自分に跨《また》がるようにしながら聞こえてくる声に、声の持ち主を仰いだ。笑顔は変わらず、伊吹を見つめる目は濡れたように光っている。

「……呆れません、絶対」

「本当……？」

確かめてくる唇を、自分から迎えに行きながら、「本当です」と答え、合わさった。よかった、と溜息交じりの声が聞こえ、絡まってくる舌に応えながら、目の前が真っ赤になる。

清楚《せいそ》で可愛らしく、内面は自分よりもよほど男らしい目の前の人が、今までにない姿を見せてくれるのかと思うと、歓喜と興奮で噴火しそうになる。不安げに聞いてきた眞田の舌の動きは、それを証明するように卑猥《ひわい》に動き回り、自分を味わっている。

「……あ、ふ……」

漏らす吐息も甘く、聞いているだけで耳を愛撫《あいぶ》されているようだ。伊吹の上に乗り、伊吹を貪《むさぼ》っている細い身体を抱き締めながら、自分からも舌を絡め、眞田を味わった。

眞田の唇が滑り、顎に当たる。輪郭を撫でるようにキスをされ、顎の下にある傷に舌を這《は》わせてきた。チロチロと舌先が蠢《うごめ》き、癒すような動きに微《かす》かな息が漏れる。伊吹の溜息を聞いた眞田が笑う気配がした。甘噛みされ、強く吸い付かれた。

「眞田さん……」

自分も触りたい。細く、弾力のある肌を直《じか》に触りたい。ダボついたシャツの裾《すそ》を引っ張り、眞田の唇を受け入れながらたくし上げる。伊吹の欲念に気が付いた眞田が身体を起こし、自分からシャツを脱いだ。上半身裸になった眞田が、今度は伊吹のシャツの裾をたくし上げてきた。促されてバンザイをする。スポン、とシャツが抜け、伊吹の上に跨ったまま、眞田が笑った。

眞田の身体を掌で撫でる。吸い付くような肌が気持ちいい。滑らかな感触を楽しみ、腰を掴んで引き寄せた。完全に伊吹の腰の上に乗り上げ、近づいてきた胸に顔を埋《うず》める。風呂に入ったまま解《ほど》いてある伊吹の長い髪に、眞田の指が絡まった。強い力で抱き締められ、抱き返しながら、目の前にある小さな粒に唇を寄せた。

「……は」

息を吐く音が聞こえ、眞田が背中を反らす。チュプ、と音を立ててそれを含み、舌を押し当てた。

「ん、んぅ……ん」

我慢しているような声を出し、だけど欲しがるように押し付けてくる。吸い付き、転がし、擽る動きに合わせ、眞田の身体が揺れ、その度に声と溜息が降ってきた。

眞田の声に煽《あお》られ、夢中になって乳首を貪る。大きく口を開け、むしゃぶりついていると、強い力で髪を引かれた。抵抗して動かない頭を両手で掴まれ、無理やり引き剝《は》がされる。いやだ、まだこれが欲しいと、息を荒げながら上にいる人を見上げた。眞田の息も上がっていた。熱を帯びた眼差《まなざ》しが伊吹を射すくめる。

「眞田さ……、っ」

髪を摑んでいた手で上向かされ、乱暴な仕草で唇を奪われた。強く吸い付きながら奥まで舌が入ってくる。伊吹の口腔を犯しながら、体重を掛けてきて、ベッドに押し倒された。完全にマウントポジションを取った眞田が上から見下ろしてきた。目には妖《あや》しい光が宿っていて、僅かに開いた唇から舌が覗く。初めて見る眞田のそんな表情に心臓が高鳴った。伊吹の上に乗ったまま、さっき伊吹がしたように眞田が肌を撫で、胸板の厚さを確かめるように軽く押してきた。

「ああ……」

伊吹の身体を鑑賞しながら、眞田が声を漏らす。撫でてくる掌は熱く、潤んだような瞳が細められる。自分の身体に眞田が興奮している。その表情は艶めかしく、それでいて子どものように無邪気にも見えた。

「眞田さん」

名前を呼んだら、応えるようにキスを落としてきた。啄む仕草を繰り返したあと、唇が滑っていく。首筋を吸い、鎖骨を噛まれた。上にあるしなやかな身体を伊吹も撫でながら、眞田がしたいように身を委《ゆだ》ねる。

唇が更に下りていき、胸、腹と、舌が這っていく。穿いていたスウェットのゴムに手が掛かり、引き下ろしていく動作を手伝い、腰を浮かせた。

風呂で二回抜いたにもかかわらず、そこはすでに勃ち上がり、先端が濡れていた。それを認めた眞田がまた声を漏らす。しばらく見つめたあと、今度はそこに唇を押しつけてきた。

「……っ、は……」

柔らかく湿った感触に、顎が跳ね上がった。チュプチュプと音を立てて、眞田が含んでくる。舌で撫で、唇で軽く挟み、吸われた。気持ちよさに泣き出してしまいそうになりながら、頭を持ち上げて、その光景を確かめた。

足の間に眞田がいる。茎に吸い付き、顔を上下させながら、見つめている伊吹に気づき、視線を寄越した。唇を離さないまま眞田が笑う。見られていることを楽しむように、伊吹に視線を送ったまま大きく舌を差し出し、舐め上げてきた。

「ん、んぅ……、は、ぁ……」

口淫《こういん》を施しながら、眞田の唇からも声が漏れている。柔らかい髪に指を差し入れると、目を細めて笑い、また声を漏らした。

刺激をもらう前から育っていたそこはみるみる膨張し、眞田の舌に押し上げられ、天井を向いている。

「……大きい、な」

口内に招き入れ、唇の柔らかいところで扱《しご》いてくれながら、眞田が感想を漏らした。

「凄い……、入るかな……」

不安を口にしながら、何処か楽しそうに伊吹を育てている。裏筋を舐め上げられて、ヒクンと跳ねるのを嬉しそうに追い掛け、含んでは離し、舌で擽り、また追い掛ける。眞田が伊吹のペニスで遊んでいる。

「眞田さん……俺、もう……」

眞田が楽しそうなのは嬉しいが、これ以上は限界だった。素直に降参の声を上げると、身体を起こした眞田が伊吹を見つめ、顔を綻《ほころ》ばせた。

「うん……、僕も、欲しい……」

その声だけで達しそうになるのを辛うじて堪《こら》える。ベッドに放り投げてあるチューブを取り、眞田が蓋《ふた》を開けた。

もう一度伊吹の上に跨った眞田が、ワセリンで濡らした指を後ろに回す。ハーフパンツを穿いたまま、中に手を入れているのを見て、伊吹はそのパンツを引き下げた。

「っ、……嫌だ。見ないで」

人を全裸にしておいて、眞田は自分を見るなと言って慌てている。

「え……」

「恥ずかしいだろ？」

眞田の恥ずかしいのボーダーラインが分からなくて、引き下ろそうとしたパンツに手を掛けたまま、その顔を覗いた。

伊吹の視線を受け止め、眞田はふい、と顔を逸らし、それから横目でこちらを見る。

「だって……、恥ずかしいよ。見ちゃ……いやだ」

ゴトン、と伊吹の中で何かが外れて落ちた。

「……見たい」

ハーフパンツの中に手を入れて、尻を撫でながら腕でズリズリと引き下ろす。

「いやだよ……」

身体を起こし、恥じらっている眞田のこめかみにキスをする。

「だって、見たいです。……眞田さんの恥ずかしいとこ」

耳元で囁《ささや》きながら、耳朶《じだ》を噛む。

「やだ……、んぅ」

「眞田さん、見たい……、見せて」

肩を竦め、擽られる刺激に耐えている眞田に、辛抱強くおねだりを繰り返した。差し入れた掌で柔らかい双丘《そうきゅう》を揉み、更にパンツを下ろす。

「やだ、……って」

抗《あらが》って身体を引こうとする唇に吸い付き、甘噛みした。

「お願いします。眞田さん。見たい。凄く……見たい」

「……もう、伊吹さんは本当に……」

尻の半分までずり下ろされてしまった眞田が、観念したように笑い、それからいつもの甘い眼差《まなざ》しで睨んできた。

「可愛くて困る」

「俺をそんな風に言うの、眞田さんだけですよ」

怖いなら生まれた時から言われていたが、可愛いなんて親からも言われた覚えがない。これは眞田限定で通用していることらしく、伊吹の言葉にまた眞田は笑い、「ほら、そういうところが」と言ってくるから、精一杯、眞田の言う可愛さを振りまいて、おねだりを繰り返した。

「眞田さん、お願いします。……見せてください。お願い」

伊吹に負ける形で、眞田のハーフパンツが下ろされる。伊吹よりも薄い茂みと、隆起した雄の象徴が現れた。僅かに兆したそこは肌と同じに滑らかで形よく、とても綺麗だと思った。じっと見つめている伊吹に、眞田はまた恥ずかしそうに腰を引き、その動きが却って淫猥《いんわい》に映る。

「伊吹さん、……全部脱ぎたい。この恰好、嫌だ」

尻を摑まれたまま、足の付け根ギリギリまで下着を下ろし、陰部だけを晒《さら》している恰好が恥ずかしいらしく、眞田が泣きそうな声で言ってきた。

「え、……俺は、これ好きです」

そう言ったら、応えるように眞田のそこがヒクンと僅かに上を向いた。

「可愛い……」

「ちょっと……、ぃや、だ、……って、んぅ」

眞田が声を上げるのが可愛い。

「このままがいいです」

逃げようとする腕を引き、窄《すぼ》まりに誘導する。

「あ……」

小さく声を発し、眞田が伊吹を見た。

「眞田さん……このましてみせて。凄く可愛いから」

眞田がまた困ったという顔をして笑った。

「伊吹さんはもう……、分かっててしてるでしょう」

「何が？　全然分かんないです」

そう答えながら、後ろに連れて行った指を撫で、お願いします、と眞田の耳元で囁く。

「……ほら、絶対分かっててやってる。……っ、ん」

伊吹の声に促され、見つめ合ったまま、眞田が指を動かしていく。くちゅ、と僅かな音が立ち、羞恥で眉を寄せる表情が壮絶に艶っぽい。

「ん、……ん」

ハーフパンツをずり下ろされたまま、伊吹の上に跨り、眞田が自分を受け入れる準備をするのを鑑賞している。その光景は今まで想像したどれよりも淫靡《いんび》だ。

尻に添えた両手に力を込め、グイ、と左右に広げたら、「や、……っぁ」と、驚いたように叫び、首を振るのが死ぬほど可愛らしい。

「眞田さん、可愛い……」

見たままの感想を言う伊吹を、苦しそうな顔をしながら眞田が睨む。

「凄く可愛い」

小説家なのにそれしか語彙《ごい》がないのかというくらい、同じ言葉を繰り返し、心からの賛美を送る伊吹に、眞田は困ったような顔をしたまま笑った。

「ふ……、ぁ、……ん、ん」

後ろを解しながら、眞田の屹立《きつりつ》が頭を擡《もた》げてきた。見られているだけで気持ちがいいのかと、眞田に目で問うと、恥ずかしそうに唇を噛み、目を閉じ、甘い吐息を漏らした。後ろの指と、伊吹の視線に眞田の花芯が育っていく。揺れながら蜜《みつ》を溢れさせ、茎を伝って茂みに落ちていくのを眺めていた。

同じ男なのに、どうしてこの人は何処もかしこもこんなに綺麗なんだろう。

「綺麗だ……」

伊吹の賛美に、喜ぶようにまたそこが跳ね、新しく蜜を零した。

やがて、目の前の花芯が育ちきり、指を抜いた眞田が大きな溜息を吐く。準備ができたのかと、上にある顔を仰ぐと、眞田が微笑んだまま、顔を寄せてきた。チュ、と軽い音を立て、それが離れる。

一旦伊吹の上から下りた眞田が、枕元に置いてあった箱を取った。

「伊吹さんのここ、……まだ元気なままだ」

眞田の痴態を鑑賞しながら、ずっと上を向いたままだった伊吹のそれに目を向け、眞田が嬉しそうな声を出す。

「そりゃ……、こんな扇情的な光景を見せられたら、萎える暇ないですよ」

伊吹の精一杯の褒め言葉に、眞田が咎《とが》めるような視線を向けてきた。

「だって、伊吹さんが見せろって言うから」

「はい、凄く……いやらしくて綺麗でした」

「またそういうことを……」

「いや、本当です」

本心で言ったのに、眞田が怒ったような顔をしながら、もう一度伊吹の上にやってきた。箱から出した袋を破いている。

「あ……、眞田さん、それは」

こんなことまでさせられないと手を出す伊吹を見返し、無邪気に笑う顔は、無垢《むく》なようでいて……妖艶《ようえん》だ。

そんな笑顔のまま、袋から取り出したゴムを、伊吹のそこに被《かぶ》せてきた。

「あ、……、っ」

クルクルと手際よく指を滑らせ、眞田の手によってコンドームが装着される。準備を整え、胡坐《あぐら》をかいた伊吹の上に、眞田が跨ってきた。

「そういうのは……これからでしょう?」

茫然と見つめている伊吹を見下ろし、細くしなやかな身体が下りてきた。

「……っ、ん」

先端を埋め込み、一瞬息を詰めた眞田が、ほう、と息を吐く。それから伊吹を見つめながら、ゆっくりとまた、腰を落としていく。

「あ、……ぁ」

下りてくる腰を支えながら、やわやわと締め付けてくる感触に、伊吹も喉を詰め、耐えた。呑《の》み込んでくる襞《ひだ》はきつく、それをこじ開けるように眞田が腰を揺らめかす。

「痛く……ないですか？」

眉を寄せた表情が可哀想《かわいそう》で、そう聞いた。痛いのが大嫌いな眞田に、そんな思いをさせたくない。

不安げな伊吹の声に、閉じていた瞼《まぶた》を開け、眞田が微笑んだ。

「痛くない。……痛がっているように見える？」

そう言ってまた少し腰を沈めてきた。眞田が息を吐く。半分近く埋まったところで、伊吹の首に腕を絡め、キスをねだってきた。

「ん、……ぅ、ふ」

慰めるように柔らかく嚙むと、薄く開いた目が和み、合わさったままの唇が笑った。キスをしながら、眞田が深く腰を沈めてくる。腰にある手を動かし、撫でてやると、小さく甘い声を発し、眞田の身体がうねった。

「あ、……ぁ、あ……」

声を上げ、その度に伊吹を包む襞が蠢《うごめ》く。

「ん……っ、く、……は、あ」

伊吹の唇からも声が漏れ出た。突き上げたい衝動と戦い、だけど自分からは動けず、回した腕で眞田の身体ごと抱き締めた。

「ぁあ……、ぅ、ん」

眞田が声を上げ、そうしながらも呑み込んだ襞で伊吹を刺激してくるから、ますます腕に力が籠《こも》る。

は、は……、と息を吐きながら、身体を柔らかくし、眞田が伊吹を受け入れていく。

やがて、最奥《さいおう》まで呑み込んだ眞田が動きを止めた。ぴったりと重なり、それからゆっくりと伊吹の首に回していた腕を解《ほど》いてきた。

「……入ったよ、全部」

嬉しそうに報告をし、それから伊吹の目を覗いてくる。額には汗が滲《にじ》み、腕の中にある肌がしっとりと濡れていた。

「あ……」

しがみつくように抱いていた腕を緩め、自分の上にいる人を見つめた。

「伊吹さんのが、僕の中に全部いる」

溜息のような声を漏らし、茫然としている伊吹の額に、眞田が自分の額をくっつけてきた。

「凄い。……俺、眞田さんと……」

……セックスをしている。

半年前に一目惚れし、遠くから眺めていた人が今自分の上にいて、自分と繋がっているのだ。腕の中にいる眞田は、想像していたよりもずっと柔らかくしなやかで……淫《みだ》らだ。

「どう……？　気持ちいい？」

額を合わせたまま、眞田が腰を揺らめかす。馴染ませようとゆっくりと回す仕草が淫猥で、融《と》けそうなほど心地好い。

「凄く気持ちいいです。……滅茶苦茶いい」

相変わらず語彙の足りない伊吹の感想に、それでも眞田は「よかった」と笑い、今度は腰を浮かし、埋め込んでいたそれを引き抜こうとした。

「あ、……っ」

腰を摑み、慌てて引き留めると、眞田が笑い、また腰を沈めてきた。伊吹の反応を観察しながら、浮かせ、もう一度呑み込んでくる。

「……は、ぁ、……っ、あ、あ」

突然始まった抽挿に翻弄されている伊吹を、眞田が見つめる。繰り返す動きがだんだんと速さを増していった。すぐにでも持って行かれそうな快感に抗い、眉を寄せて首を振ったら、眞田が揺れながらまた笑い「可愛い」と言った。

動くたびに水音が鳴る。眞田の身体を気遣っている余裕もなく、いつしか動きに合わせて伊吹も腰を動かしていた。腰に添えた手を上下させ、下りてくるのに合わせて突き上げる。

「あ、……っ、ぁあ、ん、んぅ」

主導権を取りながら、眞田も声を上げた。締め付けてくるきつさは変わらず、絞るように伊吹を苛んでくる。力が籠り、肌に当たった指が食い込む。力ずくで深く突き挿し、グリグりと眞田の腰を回してやると、「んんんぅ」とむずがるような声を発し、眞田がいやいやと首を振った。

「これ、……嫌、ですか？　痛かった？」

伊吹に合わせて身体を揺らしながらも、そんな声と顔をするので、不安になって聞いたら、眞田が固く瞑っていた目を開けた。眉を寄せて、小さく口を開け、目が潤んでいる。

「眞田さん、……痛い？」

「違……っ、ぅ、はっ……ぁ」

「逆……？　これが好き？」

今度は答えが返ってこず、代わりに甘い溜息を吐きながら、眞田が仰け反った。突き出された胸に吸い付き、大きく腰を回す。高い声を発し、眞田の身体が戦慄《わなな》いた。

「はぁ……、っ、あ、ぁぁ、ん」

自分の上で自在に動いていた時とは違う、高くか細い声を上げ、伊吹の腕と腰に翻弄されている姿に、突然獰猛な何かが込み上げてきた。

両手で双丘を包み、大きく広げながら奥深くに挿し入れた。唇で胸の粒を挟み、舌先で転がしながら強く吸う。

「やぁ、ぁああっ……」

叫ぶような声は喜悦だ。細かく襞を擦《こす》り、そうしながら胸への刺激を繰り返す。突き上げながら、眞田が一際高い声を上げる場所を見つけた。

唇を離し、眞田の身体を持ち上げる。上で喘《あえ》いでいる顔を見上げながら、眞田の悦ぶそこを執拗《しつよう》に刺激した。

「……んん、ぅ、あ……は、ぁっ、ぃ、ぁん、……ん」

途切れ途切れに眞田が声を発する。いいように揺らされながら、細い腰が自らも蠢き、貪《どん》欲《よく》に悦楽を拾っている姿を眺めた。

伊吹の膝の上で大きく身体を開き、羞恥も戸惑いも脱ぎ捨てて、眞田が浸っている。

「眞田さん、凄い……やらしい」

「や、ぁめ、……っ、ふ、んんぁ、ぁあ、あ」

伊吹の声にいやいやと首を振り、それでも快感に負け、泣き声を上げながら腰を振りたてている姿がいやらしくて可愛らしい。

「もう、……も、駄目……、伊吹さ、ぁん、ぁあっ」

限界の声を聞き、更に激しく突き上げ、揺さぶってやった。伊吹を包む襞が複雑な動きで収縮し、追い上げるつもりが、自分も追い詰められていく。

「は、はっ、……く」

ズチャ、ズチャと音が鳴り、その度に眞田が声を上げ、締め付けてくる。伊吹のほうにも限界がやってきた。激しく突き上げながら摑んだ腰を下ろすと、眞田の身体が硬直した。

「イ……ク、ぁ、あ、あ……っ、イク、ぅ……っ、っは……あ——っ」

背中が撓《しな》り、眞田が天井を仰いだ。大きく仰け反り、伊吹の腕に身体すべてを委ねたまま、眞田の劣情が爆《は》ぜる。同時に強く中を締め付けられ、恍惚《こうこつ》に浸っている細い身体を抱き締めながら、伊吹も駆け上がった。

目の前が白く煙り、熱が膨張する。

「……あ、ぁ、……っ」

最奥まで楔《くさび》を打ち込んだまま精を放った。上にある細い身体に取り縋るようにして、腕に力を込める。腕の中で眞田の身体が静かに波打っている。心臓の音が聞こえた。荒い呼吸を繰り返しながら、トクトクと鳴るその音を、目を瞑って聞いた。

「ん……、ふ」

柔らかい溜息が聞こえ、縋り付いている伊吹の頭を眞田が抱いてきた。ああ、なんという幸福感……。生きてきてよかったと、眞田の胸に顔を埋めながら浸っていた。

「……伊吹さん、酷い」

「えっ！　すみません」

幸せを噛み締めている伊吹の上からそんな声が聞こえ、驚いて謝った。

「下手くそですみません。次はもっときっと！　頑張るから、ええと、どうすれば……」

満足いかなかったのかと、慌てて挽回《ばんかい》を図る。謙虚な気持ちは変わらないが、眞田と一度交えてしまった今は、下手だったからもうしないと言われても従うことはできない。

「本当、俺、頑張りますから。また挑戦させてください」

眞田にリードされて合わせるつもりが、最後には自分が夢中になり、そういえば制止の言葉を聞かずに好き勝手に突き進んでしまった。

「今日で終わりとか言われたら……俺、死にます」

「またそういうことを……っ、うわ」

上にいる眞田を持ち上げ、ベッドに押し倒した。驚いた顔をしている眞田に、身体を繋げたまま覆いかぶさり、懇願を繰り返す。

「夢中になり過ぎて、我を忘れてしまいました。すみません。眞田さんとこんな風になるなんてって思ったら嬉しくて、……もう、気持ちよすぎて自制できなかった……」

必死になって説得をする伊吹の顔を、大きな黒目が見上げてきた。

「……眞田さんが好きです」

遠い夢だと諦めていたものが手に入ってしまったのだ。一度握ってしまった手を離せと言われても、そんなことはできないと思った。

「俺もう、眞田さんなしでは生きていけないです」

大きく見開かれた目がふっと和み、ふわん、と笑顔になった。

「伊吹さん、本当にそれ、わざとやってるでしょう」

「やってません。真剣です」

大真面目で告白している伊吹の顔を、温かい手が包んできた。眞田が笑顔で見つめてくる。

「酷いって言ったのは、そういうことじゃないよ」

「そうなんですか？」

「今日で終わりなんて言われたら、僕のほうこそ困るよ。こんな……」

ごにょごにょと言いながら横を向かれてしまったので聞き取れなくて耳を寄せた。

「こんな？　なんですか？」

次の言葉を待ってみるが、眞田は怒ったように口を尖《とが》らせて「いいの、独り言だから」と言って、横目で睨まれた。

「眞田さん、言ってください。俺は気が利かないから、言ってくれないと。眞田さんが喜ぶことならなんでもしたいから。……俺のできる範囲ですが、本当、出来る限りのことを……」

「もう喜んでるから」

「え？」

もう、と怒った声を出し、睨んできながら、眞田の口元には笑みが浮かんでいた。

「これ以上僕を喜ばせないでくれるかな。早死にしちゃうよ、このままじゃあ」

「そんな……」

死なれたら困ると動揺している伊吹を見上げ、眞田が声を上げて笑った。身体はまだ繋がったままだ。

「伊吹さんが僕のことを大好きだというのは十分分かったから」

「それはもう」

「できればずっとそんな風に、僕を好きでいてください」

伊吹を見上げ、笑ったまま眞田が言った。

「はい。もちろん。誓います」

厳粛な声を出して応えると、眞田がまた微笑んだ。柔らかい笑顔に誘われて、その唇にキスをする。

「ん……」

軽く吸い、舌先で中を擽ったら、コロコロと喉を鳴らして眞田が笑う。その声に嬉しくなり、外に連れ出し、自分の中に引き入れて可愛がった。

「は……ぅ、伊吹さん、ちょ、……っと、や……め、ぅん、ん」

甘い声と柔らかい唇に、眞田の中にあるモノが、再び熱を帯びていく。

「駄目だって……、もう、っ、ぁ、あ、んふ、……ぅ」

戸惑った声を出す唇を強引に塞《ふさ》ぎ、次は眞田の要望をちゃんと聞こうと思いつつ、伊吹は挽回の準備を始めていた。

愛と旅情の若頭

――……見ないで。

小さな声でそう言って、弘子《ひろこ》は目を逸《そ》らした。恥ずかしそうに目を伏せ、そのくせ唇から
は甘い吐息を漏らしている。

「……見たい」

「いや」

ブラウスの前をかき合わせているその細い腕を力強く引くと、あ、と小さな声を上げた。

「見せてみろ」

明《あきら》の強引な要求に、やがて諦めたように、弘子がブラウスから手を離した。

「初めから素直に言うことを聞けばいいものを。俺に駆け引きは通用しないぜ」

「そんな、駆け引きだなんて……」

戸惑う弘子に向かって、明はニヒルに笑ってみせた。（つづく）――


読み終えた雑誌をテーブルに置き、眞田史弘《さなだふみひろ》は溜息《ためいき》を吐《つ》いた。

「……明《あきら》さん恰好《かっこう》いいな」

身に覚えのあることが誌面に載っている。もっとも、かなり脚色が施されているから、以
前読んだ時よりも衝撃は少なかった。

雑誌に掲載された伊吹《いぶき》の連続小説は、概ね好評のようだ。読みたいとせがんでも、まだも

らっていないなどと言ってコソコソと隠すので、書店で買ってきた。全国の書店に出回っているのだから、眞田に隠しても仕方がないと思うのに、いろいろな言い訳を募らせて、読ませようとしないのが彼らしくて可愛い。

テーブルにあるこの雑誌を見たら、またしどろもどろになりながら謝ってくることだろう。

伊吹の部屋に通うようになってから、三ヵ月になる。

眞田が伊吹の部屋に来ることが断然多いのは、お互いの行動範囲と、時間の使い方によるものだ。仕事柄、外を回ることの多い眞田に対し、伊吹はほとんど部屋から出ない。眞田の時間に合わせて伊吹が家に訪ねてくるより、眞田がここに来るほうが、すれ違いのロスが少なくて済む。

合鍵をもらい、眞田は自分が好きな時にこうしてこの部屋を訪ねている。今日も原稿の目処《めど》がそろそろつきそうだと言っていた伊吹の顔を見に、仕事帰りにやってきたのだ。

「……ですからね、何処《どこ》かに行くたびに、そこの名物入れるっていうの、難しいんですよ。グルメ小説じゃないんですから」

書斎から声が聞こえた。いつも伊吹の話に出てくる佐田《さだ》という人と、打ち合わせをしているんだろう。

「やっぱりね、シーンの雰囲気に合う食べ物と、どうにもならないのがあるんですって。……それはそうですけど」

今度の小説のことで、苦労をしているらしい。

「さり気なくって言われても、そのまま書くと前面に出ちゃうんですってば……。アジの干物もちょっと。え、伊勢海老がゴージャスとか、そういう話でもなくて」

なんとか説得しようとしている伊吹の声が、だんだん小さくなっていく。

「……分かりました。じゃあ、なんとかそっちの方向で考えてみます」

最後には折れたらしいセリフが聞こえ、書斎が静かになった。打ち合わせが終わったようだ。ドカドカと足音が聞こえ、ガチャリとリビングのドアが開いた。

「……あ、史弘さん。来てくれていたんですか」

リビングにいる眞田を認め、伊吹が声を出した。きつく寄っていた眉《まゆ》が解け、フニャリとした笑顔が浮かぶ。

「うん。仕事中？」

大きな身体《からだ》がいそいそと寄ってくる。

「いや。電話だけ。原稿のほうはもう仕上げの段階で。ちょっとした直しの指示をもらってただけです」

「そうか。ならよかった。仕事の邪魔しちゃ悪いからね」

「全然。邪魔になんてなりませんよ」

二人の親密さは、苗字《みょうじ》から下の名前を呼び合うまでに進展している。相変わらず伊吹は丁寧語のままだが、その声と表情には眞田に対する気持ちが溢《あふ》れている。

「史弘さんがいてくれるだけで、仕事にも活力が湧《わ》くから。来てくれて嬉しいです」

……ほら、またこんな風に眞田を喜ばせる。

Tシャツにジーンズの恰好は飾り気がない。長い髪を後ろで一つにし、真《ま》っ直《す》ぐに見つめてくる目つきは一瞬射すくめるように鋭く、力強い。本人が気にしている強面《こわもて》は相当の迫力があるが、その整った凛々《りり》しさは眞田の最も好むものだ。

外見に引け目を感じ、周りに注目されることを嫌う彼は、それがただ怖いからだけではないことに気が付いていない。

そんな伊吹が眞田に向けてくる真っ直ぐな恋慕は、無垢《むく》なだけに破壊力がある。

「腹、減ってません？　俺作りますよ」

恋人の訪問が嬉しくて堪《たま》らないと、見えない尻尾をブンブン振って懸命に眞田の機嫌を取ろうとする。

「食べたい物を言ってください。買い出しに行ってくるから。今日……泊まっていってくれるんでしょう？」

お伺いを立てるように聞いてくるのが可愛らしい。

「うん。じゃあ、一緒に買い物に行こうか」

パーン、と音が聞こえるほどの全開の笑顔を見せて、伊吹が喜んだ。

この人本当に僕のことが好きなんだなあと、素直に信じさせてくれる彼を、眞田も好きで堪らないのだ。

「じゃあ、着替えてくるね」

「はい」

伊吹の部屋に置いてある私服に着替えるため、眞田は寝室に行った。起きたままなのか、それとも昼寝を取ったのか、寝乱れたままのベッドの枕元に、『フニちゃん』が座っていた。手触りのいいそれを撫《な》で、それからそっと持ち上げた。今日は自分が伊吹の抱き枕だからと、大きな熊の『フニちゃん』を部屋の隅っこに移動させた。

着替えを済ませてリビングに戻ると、伊吹が部屋の真ん中で固まっていた。

「どうしたの？」

こちらに向けた眉が情けなく下がっている。手には雑誌を持っていた。

「ああ、それ、仕事帰りに書店で買ったんだ」

固まっている理由が分かり、笑顔で説明をした。

「だって龍之介《りゅうのすけ》さん、見せてくれないから。面白かったよ。明さん、恰好いいね」

眞田の感想に、伊吹が「ふぉう……」と、足を踏まれた犬のような声を上げた。眞田の言動に、どうしてこういちいち面白い反応をするかなあと、笑いが込み上げる。

「……龍之介さん」

「っ、はい……！」

呼び掛けると、飛び上がるようにして返事をしてくるから、我慢ができなくなってとうとう噴き出す。

「そんなにビクつかなくても怒らないから。なんでも書いていいって言っただろう？」

「そうですけど」

「フィクションなんだから」

「……はい」

「事実だって知ってるのは僕だけなんだし」

「い、……っ」

「細かいところは事実と違うけどね」

「すみまっ、……せ」

「執筆の参考になるならいくらでも協力するよ？」

「……っ！」

眞田の言葉にいちいち吃驚《びっくり》したり、狼狽《うろた》えたりするのが可笑《おか》しい上に可愛くて、眞田はケラケラと声を上げて笑った。そんな眞田を伊吹は大きな身体を縮ませて、そっと窺《うかが》ってくるのがまた可愛らしい。

「買い物行こう？　お腹《なか》が空《す》いた」

「はい……」

しょぼくれている伊吹の手を引くと、大きな身体が素直についてきた。手を繋《つな》いで廊下を歩きながら笑顔を向けると、凜々しい眦《まなじり》を下げた伊吹が、照れ臭そうに笑みを返してきた。


近所のスーパーに二人連れだって入っていく。夕食の支度をするには遅い時間帯だが、店内は賑《にぎ》わっていた。

「この時間でもけっこう混《こ》んでるんだね」

「そうですね。仕事帰りの主婦が多いのかな」

眞田の歩調に合わせてカートを押していた伊吹がリンゴを手に取った。眞田のためにデザートを作るつもりなのか、赤いリンゴを吟味している。大振りのリンゴを包む手はそれよりも大きく、少し力を加えただけで簡単に握り潰《つぶ》してしまいそうだ。

真剣にリンゴを選んでいる伊吹の後ろを通り過ぎた主婦の一人が、さりげなく伊吹の顔を覗《のぞ》いていく。

男らしい横顔は秀麗で、迫力のある身長と大きな背中に足を止めた人は、その容貌《ようぼう》にも一瞬見惚《みと》れるのだ。

「今日はデザートにリンゴのフランを作りましょうか」

そんな周りの視線には全然気が付かない様子の伊吹は、手に取ったリンゴを眞田に見せ、デザートの相談をしてきた。

「フラン？　どういうの？」

「プリンみたいなふわふわしたケーキです」

「それ美味《おい》しそう。食べたい」

眞田の声に、伊吹が嬉しそうに笑った。

「じゃあ、決まり。焼きたても美味しいし。冷蔵庫で冷やしても美味《うま》いんですよ。明日の朝ご飯はこれにしましょう」

「うん」

「あとは夕飯ですね。今日は何にしましょうか」

尚《なお》もリンゴを選びながら、伊吹が声を出す。

「どうしようか。鍋の季節っていう感じでもなくなってきたしね」

「そうですねえ」

「こないだ食べた土手鍋が凄く美味しかった。牡蠣《かき》フライと生牡蠣の、牡蠣三昧《ざんまい》」

「ああ、そうでしたね。牡蠣をいっぱい買ったから」

先日、取材で宮城《みやぎ》県に行ってきた伊吹が、大量の牡蠣を仕入れたからと連絡をしてきた。料理上手の伊吹にそれらを振る舞われ、大好物の牡蠣を堪能《たんのう》したばかりだ。

「史弘さん、牡蠣が好きだって言っていたから。喜んでもらえてよかったです」

眞田が漏らした些細《ささい》な一言をきっちりと覚えている伊吹は、そうやっていつでも眞田を喜ばせようとしてくれる。

「今度また何処かに行くの？」

「ああ。そのうち行くかもしれないですね。その辺は佐田さんに任せてあるから」

雑誌に掲載された連続小説の他に、ヒット作の『若頭シリーズ』の執筆も手掛けている伊吹だ。次の展開は「旅情編」ということで、全国のあちこちを回る予定らしい。

「佐田さんが無茶振りしてくるから、苦労します」

そう言いながら笑う顔は楽しそうだ。以前は今の仕事の方向性について悩んでいた伊吹だが、今は吹っ切れたらしく、書くことを楽しんでいるようだ。いいことだと思う。

「旅行かあ。最近してないな、そういえば」

学生の頃からあちこちを回り、スキーやキャンプを楽しんでいた眞田だ。勤め始めてからはそうそう自由に休みも取れず、ここ数年は殆《ほとん》ど遠出することもなくなっていた。

「そうだ。いつか休みを合わせて旅行に行こうか」

「……旅行」

「温泉巡りでもいいし、食べ歩きツアーでもいいし。ね、どっか行こうよ」

「おん……せん」

眞田の提案に伊吹が確認するように呟《つぶや》いている。

「近場だったら車でドライブがてらとか。この季節だったら花も綺麗なんじゃない？」

「そうですね」

「それで、何処か温泉に浸《つ》かってさ。二人でゆっくりするのもいいね」

「二人で温泉……行きたいですね」

何故《なぜ》か潤んだ瞳《ひとみ》になった伊吹が、うわ言のような声を出した。

「……龍之介さん」

「はい」

「そのリンゴ、もう買わないと駄目みたいだ」

「あ……」

手にしているリンゴに伊吹の指が食い込んでいる。

「史弘さんと旅行……なんて考えたら、いろいろなことを考えて、つい力の加減を忘れてしまいました」

変形してしまったリンゴをカゴの中に入れ、伊吹が照れ臭そうに眉毛を下げた。

「怖いな。何を考えてそんなに力が入っちゃったんだよ」

意地悪く聞いてやると、ますます困った顔になり、「え、いえ、そういうのじゃ……っ違います」と、しどろもどろになるのがおもしろ可愛い。

「なんかもう、史弘さんと一緒に旅行に行けるなんて、本当夢みたいで。……天国へのドライブみたいだなあと……」

夢見心地の声に、「それは困るな」と笑って答える。

「生きて帰ってこようよ。それで、また場所を決めて一緒に行こう？」

「はい！」

わほん、と吠《ほ》えるような返事をして、伊吹がこれ以上嬉しいことはないと言うように笑う。

強面で恰好よくて、繊細で臆病《おくびょう》。物語の中では大胆なくせに、こうして眞田の一挙手一投足に全力で反応してくる。大きな身体全部を使い、眞田が好きなのだと伝えてくる。

これほど魅力的な年下の恋人を、手放せるはずがない。

「で、まずは夕飯をどうしようか。たまには龍之介さんが食べたい物にしたら？」

「俺はもう、なんでも。史弘さんが食べたい物を作って、それを食べてもらうのが一番のご馳走《ちそう》です」

「……またそういうことを」

「本当。あ、スペアリブとかどうですか？　甘辛ソースに温泉卵を絡めて」

「何それ、美味しそう」

眞田の声に、伊吹が満面の笑みを浮かべた。

「じゃあ、それにしましょうか」

眞田の好物を買い、眞田のためにデザートを作る。顔を見れば嬉しそうにし、旅行に誘えば嬉しさのあまりにリンゴを握り潰す。

「史弘さんは温泉卵が好きですもんね」

「うん。大好きだ」

この人と一緒にいると、自分が誰かにとって大切な存在なのだという幸福感に包まれるのだ。

あとがき

こんにちは。もしくははじめまして、野原滋です。この度は拙作「恋する若頭」をお手に取っていただき、誠にありがとうございます。

ドヘタレ年下攻めの攻め視点という、自分にとっては大好き要素満載で、大変楽しく書くことができました。お読みくださった読者さまにも楽しんでいただけたら幸いです。

攻めの伊吹が眞田に一目惚れした人間ドックでのエピソードですが、あれは筆者の実体験でした。

お勤めしていた頃、帰りの電車で隣に座っていた乗客の足に躓いた男性に、膝の上に乗ってこられたことがあります。トランポリンみたいになってすぐに飛んで逃げたその方とは、その後二度と会うことはなかったので、二人の物語は始まりませんでした。

クリニックでの「血の色が濃い。B型？」「え、分かるの、マジで？」「うん」という会話も実際自分が交わした会話です。採血も注射もとても上手な看護師さんでした。今も元気に何処かで誰かの血を抜いていることと思います。

攻めがほとんど言葉を発しないキャラだったので、「え？」のバリエーションをどう変化させようかと苦労しました。代わりに受けがおしゃべりになり、どんどん彼を斜め上方向に引っ張っていく様が、書いていて楽しかったです。たおやかで清楚っぽい受けですが、いやいやどうして、だいぶ男前なキャラになってくれたと思います。意外とナイスカップルなんじゃないかな、と個人的にお気に入りの二人に出来上がりました。

イラストを担当くださった陵クミコ先生、素敵なイラストをありがとうございました。キャララフを送ってくださる際、お気に入りのシーンのカットが添えられていて、大変感激いたしました。伊吹の親父も……、画面を開いた瞬間に爆笑してしまいました。生き生きとした二人の表情を何度も眺めてはニヤついています。本当にありがとうございました。

担当さまにも、今回執筆の最中にプライベートでバタバタした折、スケジュールを調整していただいたりと、大変ご迷惑をお掛け致しました。お蔭さまで無事に刊行することができ、ホッとしております。また、キャラ設定に関しても的確なご指示をいただき、フラフラしていた物語を着地させることができました。感謝です。

そして、拙作をお読みいただき、最後までおつきあいくださった読者さまにも厚く御礼申し上げます。

デカい図体をした脳内お花畑のドヘタレと、大人のようでいておっちょこちょいの猪突猛進男の二人の物語を、笑いながら応援していただけたら嬉しいです。どうか楽しいひとときを過ごせますように。

野原滋

✦初出　恋する若頭……………………書き下ろし
愛と旅情の若頭………………書き下ろし

野原滋先生、陵クミコ先生へのお便り、本作品に関するご意見、ご感想などは
〒151-0051 東京都渋谷区千駄ヶ谷 4-9-7
幻冬舎コミックス　ルチル文庫「恋する若頭」係まで。

幻冬舎ルチル文庫

恋する若頭

2015年1月20日　　第1刷発行

✦著者	野原 滋　のはら しげる
✦発行人	伊藤嘉彦
✦発行元	株式会社 幻冬舎コミックス 〒151-0051 東京都渋谷区千駄ヶ谷 4-9-7 電話 03(5411)6431 [編集]
✦発売元	株式会社 幻冬舎 〒151-0051 東京都渋谷区千駄ヶ谷 4-9-7 電話 03(5411)6222 [営業] 振替 00120-8-767643
✦印刷・製本所	中央精版印刷株式会社

✦検印廃止

ISBN978-4-344-83342-5　C0193　Printed in Japan